U0035417

世界粗礪時我柔韌

白靈——著

主編　李瑞騰

【臺灣詩學論叢】第三輯
總序

李瑞騰

　　《臺灣詩學論叢》是臺灣詩學季刊社在學刊和論壇之外，一個新的嘗試，所謂論說臺灣詩學，不是口號，而是實踐的宣言，過去從季刊到學刊，我們匯聚學術力量，以刊物為據點，經之營之臺灣現代詩學，現在加上叢書，我們相信，臺灣詩學可以挖得更深織得更廣。

　　2016年，《臺灣詩學論叢》出版四本（白靈、渡也、李瑞騰、李癸雲），2017年則有五本（向明、蕭蕭、雲朵、陳政彥以及方群和楊宗翰合編的《與歷史競走》），今年續推出四本，包括白靈《世界粗礪時我柔韌》、夏婉雲《時間的擾動》、李桂媚《色彩・符號・圖象的詩重奏》、朱天《橋與極光——紀弦、覃子豪、林亨泰詩學理論中的象徵與現代》。

　　白靈勤於筆耕，詩之論評有深刻的詩體會作基礎，講究方法，而出之以嚴謹的論述；夏婉雲曾論兒童詩的時空觀、對於現代詩人在詩中反映出來的「囚」與「逃」曾有深刻的分析，且出版有專書，本書為其詩評論集，可見其詩之趣味和視野。他們二位皆文壇資深名家，而李桂媚和朱天都很年輕，屬臺灣新生代詩人，但在詩學領域都已具有專業形象。

李桂媚（1982-　）出版過詩集《自然有詩》、詩評論集《詩人本事》，多年來熱心於推廣詩運。《詩人本事》夾敘夾議岩上、林武憲、吳晟、蕭蕭、康原、向陽6位詩人的人與詩，已可見其詩觀詩藝。本書略分三卷：「臺灣新詩色彩美學」、「臺灣新詩標點符號運用」、「圖象與音樂的詩意交響」，極具創意的命題，探觸詩藝核心。

朱天（1983-　）著有詩集《野獸花》、詩學專著《真全與新幻：葉維廉和杜國清之美感詩學》修改自碩士論文，深獲前輩如柯慶明、林盛彬、白靈、須文蔚、孟樊的肯定。本書為其博士論文，討論並比較戰後臺灣現代詩三位理論大將：紀弦、覃子豪和林亨泰，條分縷析象徵主義與現代主義之於戰後臺灣現代詩的影響，屬於臺灣現代詩史的探源。

有充滿活力且思想深刻的新生代，文學才有可能永續發展，在詩歌理論和批評領域，當亦如此，「臺灣詩學論叢」為年輕朋友預留空間，有志者盍興乎來！

自序
不安的海面

白靈

玩了一輩子的詩，有時也會被詩整得七葷八素的。

偶然發起癲來，對它興致勃勃，一把就可將它撲倒在地，三不五時又感覺離它遠得很，怎麼都搆不到，像入不了夢的那個身影。

抽樣地收在此書中的二十七篇序文則是反過來，是被詩撲在身上奮力想爬起來的一些感受和與它言和時的斷續對話。簡單說，都不是主動的，常常是被動的，偶爾又是自找自受的。總之，與詩糾葛過久後，到後來，轉身側身躺下趴著鑽洞逃走，都沒用，都會撞到或被它逮到。

收在卷一有一篇叫〈被黑潮撞響的島嶼〉，此處或可借用，先引一小段：

> 綠島，是島外之島，黑潮，是水中之水。
>
> 一個隱約在我們前方，身影快速上下晃動，另一個藏身在船舶下方，正以其龐偉不可見的能量輕鬆翻弄每一個人小小的胃。這時幾乎無人可以站起身來，更不要說想拿起相機捕捉船舷外搖晃不止的島嶼身影了。

詩就是那座似近實遠的綠島，使人不自主要想靠近它，過程又險阻重重，如不時要玩弄船舶於股掌的黑潮，不確知它何時作怪、何時翻攪，像無常的人生。而內心不可知的力量又逼你對當下瞬間就不同的時空變化，作出即時回應或反擊，藝術與科學皆由此而生。因此，每個人心中翻動游牧一生的，讓我們常常不安的就是那一條不可知也看不清隱約藏匿於心底的黑潮。

　　那麼，此書中每篇序文面對的，有時一人有時一群人，面對他們的詩時，像面對綠島，不能不試著危坐小舟感受綠島周遭不時顛簸作怪的黑潮，平靜海面下可能翻騰推湧、堆疊著重重不安。顯然我並無能耐跳水潛入探究，只能坐在孤舟上，藉著看得見的字詞間接去感受或感應那些可能的水下之水。

　　但也沒有那麼必然，有時詩只是詩人建構在海上的浮島、甚至一座座乍現即滅的虛擬之島，沒那麼在意、其實在意也沒用：它們是不是能安然地成為海面一景，立多久，皆非寫詩初心。曾經靠近過、撞響過、攀登過、環島過即好。本書只拍照存證，證實確曾有一座島出現在不安之水的海上，即使這樣的存證也是虛擬的又何妨？

目次

【臺灣詩學論叢】第三輯　總序／李瑞騰　003
自序　不安的海面／白靈　005

卷一

夢築九份
　　——《記憶微潤的山城2：九份‧詩攝影集》代序　013
人人心中有一座金瓜石
　　——《記憶微潤的山城：金瓜石‧詩的幻燈片》序　019
被黑潮撞響的島嶼
　　——《被黑潮撞響的島嶼：綠島詩‧畫‧攝影集》代序　025
用魚、水和風做成的詩
　　——渡也詩集《澎湖的夢都張開翅膀》序　033
玩到極限
　　——汨羅之子《以詩‧畫行走——楚戈現代詩全集》初讀　041
水的上下，火的左右
　　——碧果《肉身意識》與他的二大爺　055
世界粗礪時我柔韌
　　——《自由時代——風球詩社十週年詩選集》序　069
棲在詩上的蝴蝶
　　——序尹玲詩集《一隻白鴿飛過》　081

漂霧和它的倒影
　　——序閒芷詩集《寂寞涮涮鍋》　091

從霧中走出來的詩
　　——劉梅玉詩集《耶加雪菲的據點》序　103

燦爛濾過性孤獨症候群
　　——怎樣閱讀許水富《多邊形體溫》　113

刻在骨頭裡的詩
　　——《許水富截句》序　119

用剪刀修飾上帝的不完美
　　——簡介陳秀月《我只負責——笑：剪貼詩101首》　123

詩的第五元素
　　——蕭蕭詩集《雲邊書》評介　129

詩的建築面積
　　——劉道一《碧娜花園》序　143

卷二

曖昧的年代
　　——《八十八年詩選》的角色扮演　155

千年之門
　　——2001年學院詩人群年度詩展序　161

騷動
　　——《九十一年詩選》序　165

漂浮的一年
　　——《2007臺灣詩選》前言　169

石頭與閃電
　　——《2012臺灣詩選》序　*175*

微的時代
　　——《2017臺灣詩選》序　*181*

漂浮的數位花園
　　——由2001年兩本「年度詩選」看詩的變革　*187*

詩的游牧年代
　　——《給蠶：李之莎2016年度詩選》初讀　*197*

沒有誰是誰的國王
　　——序《新詩二十家》　*205*

時代的剪影
　　——序《新詩三十家》　*211*

站在詩人的肩膀上
　　——《新詩讀本》導言　*217*

中華現代文學大系（1989~2003）詩卷序　*235*

附錄

白靈詩學年表　*255*

　世界粗礪時我柔韌

卷一

夢築九份
──《記憶微潤的山城2：九份‧詩攝影集》代序

夜總會們不說話，看一輪落日，漆紅了整座山城

1.

站在有整面牆那麼大的坑道圖前時，著實嚇了一跳。坑道們由四面八方，像幾十條穿進穿出密密麻麻的微血管，纏繞著眼前這張圖的中心，那即是九份山城稍南的主要礦脈，在小金瓜下方，一座脈型金礦體。每條微血管都有礦工爬進去過，嘗試著找到幾公分到幾公尺寬的金脈，礦工們奉命用鐵鍬將它們挖走。

就在山城南方的地底，據說加一加有三百公里那麼長的微血管，只為了尋著管尾端出現的燦光。每條金脈都曾是一齣被用力構築、被多方測量、才偶然被撞見的夢，只有極少量被吞下了肚，或藏在肛門，偷渡成功，像成功地由夢中將黃金運回到現實，成為人間握得住的金夢。

絕大多數的礦工每天黃昏出坑時，站在坑道口，灰頭土臉，全身仍得被羞辱般澈底檢視一遍，然後眼看著一車車結結實實的夢果由鬼域似長長的坑道哐噹哐噹載上來，隨即消逝在小鐵道的遠方。

可以想像夜臨時，這些疲憊的身子整理過自己後，走長長的

步道來到九份的豎崎路，上上下下，身心就輕快多了，不論前來洩怨洩慾或洩金，諸多風花般的酒語在杯樽前或賭桌上飄落，諸多雪月般的女體在臂彎裡攤開，如輕易可掘的夢之礦體。如此反覆上百年，多少夢，白天被築在九份深藏的地底，用盡一生卻挖不到；多少夢，夜晚被築在九份的地上和樓上，用一根指頭卻可以輕易將之如醉漢般，推下幾百級的石階。一頭是少數幾位礦主不用自己動手的藏金窟，另一頭是大多數礦工耗盡一生仍要不醉不歸的銷金窟。這世界從來就被寫成跛腳的M字型了。

2.

　　被稱為五番坑、八番坑、和國英坑等少數留存的幾個坑道，皆是由九份山城的正面或側面穿入，一個在輕便路尾、一個在汽車路下方大型停車場旁、一個在山體最底端，這就如同由十層樓、地下二樓、及地下二十層分別插入山城並穿越後深入至九份後方，其工程不可謂不浩繁。如今只有極少的坑道仍可極暢通地穿越九份的下方，比如在九份山體最底端的國英坑道，直線距離兩公里，可直達大粗坑底部。礦車往返維修，卻再也不產金，產的是自大粗坑後源源滾滾而來的礦泉水。坑道口附近則是臺陽公司以號稱麥飯石礦泉來養殖鱘龍魚的十幾個魚池，由百年前產出黃金到一度做保險套到目前的礦泉水和鱘龍魚場，其變化不可謂不大。

　　當然也沒有人可以預期，九份這銷金窟在黃金竭盡時會發展成今天這種形貌：熱鬧、喧騰、遊客川流，即使在景氣循環的谷底，叫賣的小吃依然與安靜茶坊交互生存，排芋圓的隊形如陶笛試吹忽長忽短。

來九份幾次，都不太喜歡這種人潮洶湧的感覺，站一會兒總想趕快離去，或轉個角度背對街坊而面對一塊天空，或閃入一間茶樓，可以因之調整表情或重新找到呼吸。以是當每次要來金九地區時，都希望能過九份而不入，直接進入金瓜石。

　　直到多年後的此回，當九份文史工作室的羅濟昆直接將我們一票人帶過九份小城，沿102號公路過7-11、福山宮、樹梅地質公園入口、蜿蜒而上直接殺到可仰視小金瓜露頭及可俯瞰大粗坑礦村遺址的102號公路21公里處時，一時還無法理解九份礦區何以比我們心中想像的大得太多了，而我們所理解的九份竟只是他繁華的浮面。

　　而真正九份動人的故事應該主要是發生在大、小粗坑聚落身上吧，他們也是礦工匯集、起居出入的聚落。最繁盛時大粗坑曾多達四百多戶，如今僅剩三間破落的石頭房，一個是大德宮，一間是兩層樓只剩空殼子的大山國小分校，一間是爬滿藤蔓和雜草的雜貨舖。四百多戶人家則沿山體四圍搭建，廢村後，能用的石頭被人盜盡，今日已為樹叢全部覆蓋回去，連牆籬也不可尋，大自然自我修復的能量著實驚人。

　　關於大粗坑聚落的故事到目前為止，說的最好、最詳盡、最感人的，當然是吳念真了。看一個礦工之子如何敘述他再平凡不過的父母、與村民如何守望相助、如何相濡以沫度過難關、以及如何在窮困狀態下自我成長、談戀愛、結婚、母親如何戲劇性地幫他還願，乃至家中十幾年中如何一再發生悲劇，以至整村人遷村後仍多數住在瑞芳鎮上相守數十載等等。許許多多小老百姓的小故事和細節，鋪陳出大粗坑一個舊社會溫暖的村落面貌。不論是透過他編劇的電影《悲情城市》、《無言的山丘》、《戀戀風塵》或導演的《多桑》，乃至《八歲，一個人去旅行》、《那些人那些事》等

書、和他在youtube上的風趣講演，礦工生活、聚落起伏及九份憶舊均可極具象地揣摩一二了。

　　然而更早與臺陽創始人顏雲年起家有關的小粗坑聚落，則沒有這麼幸運，當年一處易守難攻、聚集過「頑劣」抗日份子的小山窟，不論由輕便路底的頌德公園上到小粗坑山再下到山神廟再「下滑」至小山國小遺址，或由猴硐九芎橋附近走古道上經福德祠而至聚落，兩頭無不坡度十分陡斜，超過四十五度角，非體力極佳者難以負荷，稍遇雨則更難行。此遺址反而因此特殊地理「優勢」，老牆舊籬保存較為完整，青苔雜草即使叢生，依然古意十足。我們一行十餘人即由頌德公園進入，費一整個上午才畢行程，其中有近八十歲老者、七十餘歲腰椎動過多次手術者、長袖長服穿戴整齊的修女，於七月上旬大熱天之際仍能勉力走完，且在小山國小遺址「開天笑」的破落教室內，幾個人以紅黑藍的鮮麗布綢分別罩身，自娛地展演肢體手腳、互動地以人體雕身一番，百年的小粗坑恐怕不曾這麼現代地亮麗過吧。

3.

　　可以完整縱觀整個金九地區，或者說最具宏觀視野的，當然就要上基隆山（大肚美人山）了。除了還沒機會從海上看她長得像「雞籠」的樣子外，也不知在她的周遭左觀右賞正看多少回合了，的確像極了一座大肚子美人橫躺，長髮就浸在陰陽海中。其清純、乾淨，不曾遭到濫墾破壞，恐與她體內「無金」有關吧？

　　第一次與幾個學員登上她最高聳的肚尖頂端，還是無星無月的夏夜，持著無力的手電筒。民宿老闆以恐嚇的語氣說不宜，待登上

第一個涼亭，則已將他的話哈一口氣吹掉。一路不斷回首，但見燦爛兩盆金子分窩左右兩小城中，越高越小越晶圓，「夜總會」則密密麻麻黑覷著眼，矗立兩小城相夾的山丘上，形成詭異的畫面。待上得頂端，除了海面漁火點點，漁港澳口如黑夜魚池數攤，再是海風狂急，像是站在大船的前端，令人頓感腳虛。

兩個月後，又與更多學員於白晝登臨，景觀自又不同，左右兩海岸線各有可觀，或一山相疊一山、越遠越虛渺，或海灣一迴迴如蕾絲邊拉向遠方。左右兩小城則金火已熄，房房疊加，幾無間隙，蔚為奇觀。

然則即使小小的九份，也是無可窮盡的，不論在豎崎路在輕便路在暗仔街，稍一轉彎，就會與驚奇撞上，於是我們曾讀辛波絲卡於路亭、私闖彭園、相約胡達華的釘畫室、與柏油畫家邱錫勳不期而遇、在半半樓巨窗前捕捉九份剪影、入昇平戲院、單闖泥人吳、夜談風箏博物館、擅入雲在山房、兩訪臺陽礦業事務所、數啖食不厭食堂，乃至腳踩碾石手洗金沙、登不厭亭、神遊樹梅、預約深秋芒海，無非要建構出通往想像中那座九份的坑道，揣摩他所有可能的面貌。

然則，即使九份人恐也無法窮盡九份吧？當年再在行的採金人、探礦員，如何能窮究九份金脈真切的面貌呢？夢築九份的人，對他嚮往的夢境，也不能真切說得清吧？當夢碎之日，又有誰能在軟弱的歲月中，猶如屋頂上油毛氈和膠鞋和大石頭，繼續拉扯相抗相守百年？有誰守得住九份所有的淒風和苦雨呢？

夜總會們不說話，孤獴似地集體站在那裡，看一輪落日，漆紅了整座山城。

2013

人人心中有一座金瓜石
——《記憶微潤的山城：金瓜石‧詩的幻燈片》序

光影分割日月，野草和芒花拉過來覆在身上，就那麼整全、無憾

1.

　　那時我們一群人站在黃昏的懸崖邊，前面下方是藍黃水色搖擺不定的陰陽海，回望是三面環繞的巨大山體，曾被踩踏、修理、和深挖過的山的肌肉，依然紮實龐偉，它們地氈綠的體毛上有風在穿越，微微起伏著，一陣向左傾，一陣向右斜。而此刻它們的身上正插滿了白芒花，一整片，不，是一座座山的秋瑟，正起伏連綿向高處和遠方的天際匈匐而去，那是不可能更完美、更完整的蒼茫感。

　　但金瓜石是沉默的，多少不耐久困山窪村落的人離它而去，它沉默，多少浪跡天涯數十年最後選擇落腳它懷中的，它也沉默。方圓不到五平方公里的彈丸之地，卻曾是繁華過也幾近廢墟過的「金都」，曾經被挖掘的礦坑深入地底超過七百公里，它沉默地接受，荒蕪數十年後，直至近年才因觀光重整而再度由荒煙蔓草中活過來，它依舊沉默不語。它被敲敲打打過的山體依然在光影中分割陰晴日月，把野草和芒花拉過來覆在身上，就那麼整全、無憾。無數踩過它身上的貪婪、屈辱、和歷史，都不曾留下明顯的一雙腳印，

金瓜石像是縮小版的臺灣，也像是放大版的，你，和我。

　　金瓜石是神祕的，像它背靠的山、面對的海，和自它皮膚上生長出的芒花、肌肉內隱含的黃金和銅一樣，無人可以對它內蘊的寶藏和風景確實估量。當你站在山海邊緣向內向外探望時，它既是極封閉、又是極開放的，曾極繁華也曾極荒涼，如日日投影在大肚美人山和陰陽海上空的雲朵，帶著投下的陰影前行、優雅地拂過，既真似幻，既虛渺又美妙，那是從有到無到若有似無的過程，一如金瓜石擁有的草木、石頭、山崖、和腳下的浪花，永不可能細數和掌握。

　　其實每個人心中，都帶著一座或大或小的金瓜石，行走世間數十年，卻不見得有機會面對它、開採它。金瓜石遍在於人人心中，以不同的面貌時隱時現，而且永不可被窮盡，因此若說人人心中有不止一座金瓜石亦無不可，等待的只是，如何在有限的生命中，由不同角度去自我探勘、深入挖掘。

2.

　　金瓜石若與隔鄰的九份相比，一靜一動，一寧謐一喧嘩，一閒散一擁擠，一乍看無人一商店林立，它們的對比有點像宮琦駿「神隱少女」中善婆婆與惡婆婆的兩極，一是清靜無為的天堂，一是人間地獄的繁華喧鬧，所有的人都擁向後者。它是人人心中的兩個面向，一陰一陽，一聖一俗，一天一地，一自然一人為，有人甘於前者，有人陷於後者，如何自如來往於其間，不即不離，好生難哉。當1890年，七堵附近發現河中有沙金，引發淘金熱，有誰能預料日後在大肚美人山的兩側怎麼就會分出兩個世界來？一屬官方一屬民

間？也許1893年淘金工人溯基隆河往上探尋金礦時，在九份的小金瓜發現露天的礦脈，為九份發現金礦的開始時，淘金人更鍾情的是它眼前海域開闊的視野和布滿階梯兩側的人潮和喧聲吧，來了也就沒人想走了，包括青樓艷女、酒色財氣。次年（1894年），又發現隔鄰不遠大金瓜的露天礦脈時，才開啟了金瓜石的黃金歲月，但那卻是座落在被環抱的山凹中，是不是有種無所逃於天地之間的不自由感？

　　1895年（光緒21年）日人據臺，金瓜石也劃歸田中長兵衛所有，1897年10月，金瓜石正式開山。1933年改為日本礦業株式會社所有，並興建水湳洞十三層製煉廠，華人礦工大量湧進金瓜石。太平洋戰爭發生，日人曾俘虜英軍四、五百人到金瓜石開鑿礦道，此時期，當地礦區生活的經濟富裕程度可說是全臺之首，金礦產量更躍居全亞洲第一，當時的祈堂街被上上下下踩踏的屐履不知敲得有多響啊？戰後，國民政府接管金瓜石，但金礦已難採，反而銅礦的產量穩定成長。1960年代，九份礦山先行衰微，1971年瑞芳的金礦事業（九份）宣告結束。金瓜石礦山在社會經濟的轉型，以及硫酸外洩事件的危機下，臺金公司也終於在1987年宣布結束營業。從有到無、到似有若無的景況，不過是百年的起起落落，但卻少人覺察出金瓜石擁有的絕不只如此。

　　金瓜石生產過的黃金至少兩三百公噸，也有可能高達五、六百公噸，大多數落入日本人手中，俗稱「大金瓜」的「金瓜山」（又稱「本山礦場」），狀像南瓜（閩南話為「金瓜」），是金瓜石最早發現黃金礦脈的地方。金瓜山原高為638公尺，比隣近的基隆山（588公尺）、茶壺山（580公尺），都高，但經多年的開採，山頭已經被剷平，如今高度大約只剩500公尺左右，如果沒有圖片為

證，有誰能找得出那顆金瓜頭的位址呢？被削平一百多米高的金瓜山，像被殖民者削去尊嚴的頭顱、被以機械工具強硬鑽探挖掘掏空的歷史，但金瓜石何曾言語，拉過草皮和野風，不也就彌封了所有坑坑疤疤的傷口？

3.

金瓜石是沉默的，繁華未起前是，繁華飛起時是，繁華落盡後還是，金瓜石從未被窮盡過，即使黃金都不可能被窮盡（據說仍有價值數百億到上千億臺幣的黃金隱藏其身軀內），何況它還有不可窮盡的歷史、人文、生態、和各種存在過的身體知覺的搓摩等等其他面相？金瓜石是無法被澈底揭露的，在可見的黃金外，還有無數的金瓜石的真實面貌並「不可見」、也從「未被顯現」過，正等待成為「可見的」、「可顯現的」，這行動的過程即「你金瓜石過嗎」的實踐，即使金瓜石只有五平方公里大。

而人人心中何嘗不有一座這樣的金瓜石？即使過盡一生，也難說你已探勘遍過自身、深入挖掘盡自身。人一生能被揭露的能力、能量、和真實，是多麼有限啊。金瓜石只是被有限地金瓜石過，但若不曾如此，金瓜石就不能成為今日的金瓜石；相同的，你我也只能被有限地你我過，但若不曾如此，你我就不能成為今日的你我。

這也就是為何我們會集體製作這本金瓜石詩攝影集的原因了，金瓜石占據了我們的眼、耳、舌、鼻、腳趾、和汗毛髮膚，自然也包括了鏡頭、手、心、腦、和筆，我們聞過觸過飲過聽過的金瓜石以不可知的什麼元素滲入我們，化為我們身體的一部分，從此再不可能分割。

但願你也同我們一樣，飄過大肚美人山時，不忘留下一朵朵的雲影在它的肚腹和髮上，有一天，金瓜石也會站穩你的心中，等待你伸手伸耳伸眼伸鼻伸舌，去觸、去摸、去嗅、去舔、去探看，只屬於你自己的，金瓜石。

2007

被黑潮撞響的島嶼
—— 《被黑潮撞響的島嶼：綠島詩‧畫‧攝影集》
代序

黑潮：囚禁幾千人青春的幫凶，綠島：無以逃遁的惡魔島

綠島，是島外之島，黑潮，是水中之水。

一個隱約在我們前方，身影快速上下晃動，另一個藏身在船舶下方，正以其龐偉不可見的能量輕鬆翻弄每一個人小小的胃。這時幾乎無人可以站起身來，更不要說想拿起相機捕捉船舷外搖晃不止的島嶼身影了。大約95%的人都吐了，這是島與海相激相觸時促狹合作、捉弄、演出的惡作劇。那時我們對綠島所知極為有限，對黑潮的存在，更是模糊不清。即使到了島上，租了摩托車，住進民宿，快速繞島一圈，看了幾處景點，約略地瞭解了小島大致景色和規模，到了晚餐，一夥人依然哄哄鬧鬧，還是一派旅行時的悠遊鬆弛心情，完全無法預測來去之間心境可能的落差。我們像初生之小礁嶼，潛伏的暗流以看不見力道正在前來，準備狠狠撞擊我們。

「預期的」跟「遇到的」相距何其遠，這還是頭一回。

那晚下了雨，無處可去，一夥人進了一家叫「大哥的店」，是被門前的「幹！綠島真熱」的招牌所吸引。那個「幹！」字寫得特大，旁邊畫了一個穿白底黑橫條、理平頭的囚犯，看起來凶神惡煞

的大哥模樣。整家店布置得就像監獄內的人出來開的販賣店，由玻璃門、櫥窗、地板、牆壁、櫃檯、到天花板無處不畫著各式各樣卡通式的大哥級人物、及其所作所為。當然多半是諷刺性的，包括他們耍寶、威風、懼警、泅海、賭博、逃亡、被鯊魚追等各式作為，店內有各式誇張搞笑形式畫的漫畫，還有囚衣、橋牌、逃亡用的縮小版「加司」（器具）。甚至還布置了兩間小囚房，供人拍照。老闆慷慨地讓我們任意攝影，還說放進部落格、出版物都沒關係。他甚至拆下一塊天花板任我們在上頭肆意塗鴉寫字，那一夜，我們拿著相機取盡了「卡通大哥們」的鏡頭，戲謔地假扮「大哥」或「大哥的女人」，開盡了「大哥們」的玩笑。

直到第二天被一堆名字和臉孔所包圍。

但這些名字跟一般認知的「大哥們」卻毫無關聯或瓜葛，那是整個過去歷史的一部分，包括綠洲山莊、和它左側的營房，以及旋轉而繞的紀念建築，那其中幾千個熟悉或不熟悉的名字和臉孔以彩色或黑白貼滿了各處，包括他們在獄中製作的器物、小提琴、書信、閱讀的書籍、畫的畫、夢中扭曲的臉孔形象，出獄後的報導、回憶錄、小說、詩、和接受訪問的影片，更多的是無可考據的名字，失聯的、不知所蹤的名字，層層疊疊，如布幔般四處飄動，遮你的身掩你的面而來。而在「x」型巨大的八卦樓中，四處是空空洞洞、說話仍有回音的五十幾間囚房，稍加走動，即有聲響，獨居室中撞牆皆不能的幽閉空間則令人不寒而慄。在隔鄰的展示間許多國高中生以詩表達他們的疑惑和不解，更幼小的孩子則畫出他們的不安。那種閱覽後使人很想逃離卻又緊緊被粘在當場的感受，讓人整個心是揪在一起的。

那是幾千名知識份子、和社會菁英，包括地方領袖、議員、醫

生、老師、學生，被統一叫「政治犯」或「思想犯」、認為他們頭腦裡長了米蟲的歷史之極小切片。最後在一大片連接海灘的紀念牆上排成一長排長長長的名字，上面寫著他們服刑的年份，從五〇年代到八〇年代。有的幾進幾出，有的幾年，有的幾十年，斷續或交錯，像一節節凌亂的虛線，塗抹著「歲月」和「青春」。但我們對於他們的痛苦是毫無所知的，最多只是對他們幾句控訴言詞的閱讀和理解罷了，一如這些人在當年的火燒島待了十幾年，對綠島也只是由鬼門關到綠洲山莊短短幾百米的石子路淺淺的認知而已，即使今日的我們對這座島拜訪幾次、對黑潮就算仔細研讀、在其上或其周圍踩踏來回幾次，那種淺淺的瞭解豈不是百步與五十步之差而已？

綠島因為是島外之島，黑潮因為是水中之水，因此從來沒有人可以從綠島逃脫，這種綑綁其實是與黑潮有關的。黑潮成了囚禁幾千人青春的幫凶，當然非黑潮本意，綠島會成為無以逃遁的惡魔島，當然也非綠島本意。這使得幾千個思想長了蟲的人不能不用他們無法逃脫的困頓歲月、無法被框限的驚人意志，一步步鋪出了我們的自由。說我們的大自由是由「被黑潮撞響的島嶼」開始的，應非對綠島的溢美之辭吧。

在此「黑潮」已具「實」與「虛」二意：「實」的當然是指寬度約一百公里（一說二百公里），深度約七百公尺，最大流速每秒一公尺、清澈且少懸浮物、力量強大的神祕洋流。源自溫暖的赤道，夾帶著大量的熱能（夏季水溫比黃海高七度，冬季可差達二十度），因著地球自轉的作用力，由菲律賓群島往北，穿過臺灣東部海域，沿著日本往東北方向流去，它最大的流量據說是亞馬遜河水量的360倍。此暖流因懸浮生物與營養鹽的含量低，陽光直接穿透

而不反射，因此呈現深藍甚至近黑的顏色，黑潮即以此得名。而因黑潮離綠島最近，政府於2007年曾評估過「黑潮能」發電的可能，據估計，光是在綠島一帶的發電量，就相當於三座核能電廠的總發電量。其夾帶的能量之大，真是難以思議。

「虛」的「黑潮」則是指上述那些被設法以一句口號統一的數千政治犯、思想犯形成的隱形力道，他們絕非單一的個別人物，而是在世界普世價值潮流影響下一股暗潮洶湧、相互思想傳播、腦後皆長有反骨、一生皆不合乎時宜的社會暗流，他們抵制當道、批判時政、鼓動群眾，高唱思想自由、結黨自由、言者無罪，最後相互勾串，潛伏群眾之中，挑動社會敏感神經，形成沛然莫之能禦的力量，撞響時代鐘聲，逼迫當局釋放更多人權和自由，末了甚至可以翻轉政權主軸，使得政權輪替成為常態，得與世界人權主要價值接軌。

如此黑潮指的就不只是「海中之海」、「水中之水」，也是「人中之人」了。「實的黑潮」孕育出珍貴的珊瑚礁和魚群豐碩的生態體系，在臺灣東海沿岸大放繽紛異彩。其於東部沿岸釋放的熱能，直接形成臺灣溼熱多雨的天氣，造就茂密的林相和多樣生物，因此海平面的上與下，皆可見出它驚奇的威力。「虛的黑潮」由五〇年代白色恐怖時期到1987年解嚴，一波波進入綠島的知識份子率皆思想前衛、見解不容於當道，他們以青年的熱血和對自由的高度期許，前仆後繼地衝撞體制，以言論以刊物以示威以遊行與當局對抗、也教育了大多數後知後覺的老百姓，最後都深深影響了其後的民主進程和體制。

果然，不論實的或虛的黑潮，皆狠狠「撞響」了綠島，他們的影響還在向西邊持續擴大中。而「虛的黑潮」就暫時「凝固」成了

今日的綠島人權文化園區。也就是它，使得將軍岩、朝日溫泉、睡美人嶼、孔子岩、小長城、柚子湖等景色都失去了光澤，削減了有心者的遊興。

但我們對「虛的黑潮」所知依舊有限，它就像「實的黑潮」中洄游的各式色彩斑斕或造型超出想像的魚類（比如九棘長鰭鸚鯛、平嘴長尾的槌頭鯊），難以觸知和窺見，「虛的黑潮」需要更大量的檔案、回憶、和記錄才能略知一二。因此不得已還是回頭說說黑潮是水中之水吧，這可由一則報導印證。2005年5月18日，善於海泳的高雄人曾美田、潘永祥、蔡聰耀等三人，以每人一小時的接力方式橫渡黑潮，從綠島長泳至臺東富岡港，由清晨四時游到晚上七時，中間還曾因黑潮的強大拉力，一度向北流，雖然奮力修正方向，還是不聽使喚，偏離了三公里，使得三十三公里的兩端距離，必須相互接力游了十七小時才到達。黑潮之能量和能耐由此可見，但如果沒有從前叫火燒島的綠島之存在，黑潮又如何顯示其威力呢？如何困住諸多政治犯思想犯使其無所遁逃？如此說來如果黑潮是水中之水、海中之海，那麼綠島就不能只叫「島外之島」了，它根本是「島中之島」了。

關於黑潮的這項報導是我回到臺灣才上網查知的。在這之前我們的目光曾被一張大圖片所吸引，那是張貼在島上一家過夜民宿的牆壁上，足足兩、三公尺那麼高，圖的焦點是一座據說是全世界最大的「活體團狀微孔珊瑚」，高度12公尺，腰圍寬31公尺，約活了一千兩百歲，離綠島岸約100公尺，很難想像它一年才成長約1公分的緩慢速度。那張特大照片的光源由海面射向藍色海底那香菇頭型的白珊瑚礁，好幾個潛水人員正游向它，人與它相比，相當微小。此令人驚異的景致，就座落在黑潮撞向綠島的邊緣，這是綠島與黑

潮相互孕育出的不可思議世界。且不要說黑潮，就是對綠島我們所知是多麼多麼的少啊。世上有什麼事物可以窮盡呢？對綠島不能，對黑潮不能，對「實的黑潮」不能，對「虛的黑潮」也不能，我們是多麼心虛啊。沒有辦法，一夥人只好站在這張圖片下，與之合照，並相約回去寫詩，以稍補遺憾。

而就在將軍岩下方不遠的紀念物「淚眼之井」旁，刻著幾排長長名字的長牆前，花崗岩方板上顫抖地刻著的，是曾在這裡坐過牢的柏楊的題詞：

在那個時代，
有多少母親，
為她們囚禁在這個島上的孩子，
長夜哭泣。

只有在那眾多名字環繞之下，這幾句才別具意義、特別感人。柏楊說的，應該也包括那眾多早已為抗爭失去生命的孩子，這些孩子的身影則牢牢地、永無法釋放地囚禁在他們母親的心中。這樣的母親海峽兩岸遍在多有，在這世上也遍在多有，我們無法一一認知那樣的傷心與悲痛，僅能以這本詩集少許的幾首詩默念之、唏噓之、紀念之。

回臺灣本島時，原來預期依舊波濤洶湧，百分之九十五的人這次都乖乖吃了暈船藥、準備了暈吐袋，抓緊船上座椅扶手，準備再一次與黑潮的厲害對抗，沒想到一路風平浪靜，毫無顛簸起伏，輕易就跨越了那險惡的水中之水、海中之海。回頭望綠島，那火燒過歷史的島中之島已幾乎隱身成一張剪影了。難道黑潮像龍一般下潛

而去了嗎？

　　我們永遠不可能知道答案。

2011

用魚、水和風做成的詩
——渡也詩集《澎湖的夢都張開翅膀》序

始終素樸自在的澎湖是魚做的，不怕被另眼相看的澎湖是風做的

　　這本特殊的詩冊是渡也「澎湖情結」的結集。澎湖是他手腕下的內海、筆尖的珍珠、窗前的鹹風、風中相擊的貝殼。澎湖是他腳下的砂、眼中的井，是他夢中荒蕪的神殿、支撐神殿的無數玄武岩柱。澎湖是他精神的鎮風塔、可以跨越過世俗的大橋、進入大橋彼端的清淨之鄉。

　　的確，澎湖是他曾祖父和祖父世居之地，對渡也而言，那六十餘顆島嶼早已鑲嵌於他的基因、卻也是永遠無法結果的青澀鄉愁。這冊詩集即是他自製的一條獨木舟，穿著長袍，感傷千尺但也豪情萬丈的渡也就站在上頭，迎著海風獵獵，藉助文字的潮汐和水流，隨時可以趁著月光或星光返鄉。

　　迄今為止，能為自己的原鄉寫出一整本詩冊的詩人，仍屬罕見，渡也即憑藉著他自如出入古今的想像力、技藝高超的語言功力，以及對原鄉事物如數家珍之熔爐似的熱力，為我們做了絕佳示範。他在詩壇開疆闢土的能力，早有遠名，比起其他中生代詩人、乃至前行代詩人，不知向前拓寬了好幾倍。他像是詩壇遠征軍的統領，凡有題材或人事物是其他詩人畏怯不能前行或舉足猶疑不敢踏

踩處，即是他筆尖執意大膽挑戰或挑釁之地，上至無人敢觸天顏之巔、下至惡穢匯聚之淵藪，均是他筆桿亟欲討伐之新土。如果在古時朝廷，他必是伸頭顱待砍、直書敢言的史官；若在江湖，他必是路見不平即挺身相助、兩肋敢插刀的俠士一名。文字是他的一匹馬，渡也騎在上頭，急行的速度無人能及，他左開大弓右射飛鏢，南征北討，憑著他使用語言的如箭矢如子彈之能耐，恍若入無人之境。這是他詩作數量能冠於眾多詩人之上的原因。

　　渡也的這本詩冊承繼了他幽默、風趣、調侃、反諷的特質，加上擅長使景致、人事物「戲劇化」的本領，或化古為今、或化物為人、或化靜為動，將人與自然、物與自然、人與歷史、以及人與人的互動作了極大化的生動演出，令澎湖從古到今的一切都自動跳進他的詩行裡，蹦跳活躍，使盡力氣，盡情展演。因此光讀渡也的詩就能使人感受到澎湖的「野」和「力」，有時你甚至會懷疑，若不讀渡也的澎湖詩，那不管你去了澎湖幾次，甚至就住在澎湖一輩子，你好像也不曾真正體驗過澎湖的「魅」和「鮮」。因此讀渡也澎湖詩的極大好處是，你會因此懂得怎麼更有活力更有生趣乃至更有深度地「看」澎湖、「讀」澎湖，「嚼」澎湖、「嗅」澎湖、「摸」澎湖，甚至「住」澎湖。比如〈海洋詩刊〉一詩中的幾句：

　　海在澎湖四周，不！海在澎湖眼睛裡，海在澎湖舌頭上，海在澎湖腸胃中，海在澎湖膀胱、肛門。

　　海是澎湖的前院，澎湖的客廳、廚房，澎湖的後院。海是澎湖人的三餐和麥當勞點心，海是澎湖人的衣服。

光讀這幾句，澎湖就不只是澎湖了，澎湖就是你自己了，你的眼耳鼻舌身意無不與海連成一氣，你就不只是你了，你就是澎湖本身了，澎湖的沙、岩、礁、鳥、橋、樹、風也都與你連成一氣了。有誰待過澎湖的，敢說他的「膀胱」、「肛門」不曾與海相繫相通過？或乾脆說連過一氣呢？

　　而如果在澎湖待過吃過飲過幾天的，有誰敢說澎湖的海天與他身體血肉、新陳代謝無關呢？

> 數百年來
> 每一個澎湖人命中都養育
> 一座海
> 一片天
>
> 海和天就是澎湖人的
> 三餐
> 呼吸
> 血肉
>
> ——摘自〈海天血肉〉

　　沒錯，去過或住過澎湖怎會不帶走一點澎湖在身上呢？或不留下一點你自己給澎湖呢？當然任何一鄉一地住久的人都可這樣敘述，但澎湖不同，澎湖是臺灣離兩岸最遠最獨立之地，它好像沾染不到灰塵或世俗紅塵氣息似的，它的海和天是範疇最寬廣的，質地最純淨的。因此當渡也說「海和天就是澎湖人的／三餐／呼吸／血肉」時，也就好像沒有其他臺灣的地區可以與之比擬了。

同樣的，當渡也說澎湖的「鎮風塔」和「風」比賽誰厲害時：

數百年了
一切都被鎮住了
只有風，沒有被鎮住
只有鎮風塔風獅爺被吹成風

——摘自〈鎮風塔〉

鎮風塔鎮得住一切卻依然鎮不住風、甚至連自己都被「吹成風」，這是典型的「渡也式幽默」，說的卻是最真實不過的事實。沒錯，渡也老是愛狠心的指出什麼是「事實」，卻是時間久了才可以被印證的事實，他也老是愛說「實話」，卻是殘忍的、歷史和大家都不願聽到的實話，比如：

如今，café、麥當勞、線上遊戲
對馬公發動攻勢
比孤拔將領還要猛烈
順承門無法保護自己的健康
古城只剩下一顆頭
一隻手臂
一些器官
一臉現代水泥

——〈媽宮古城〉末段

至於，施某降清一事

井說得

口沫橫飛

——〈萬軍井〉末段

民國八十九年

魂魄和墓碑上的法文

都已百餘歲

仍未回家的他

從沒想到遠渡重洋

只為了成為一座

古蹟

——〈孤拔墓碑〉末段

其實澎湖早已是賭場

賭徒首先是風和海

前仆後繼擲骰子

輸了，咬緊牙關再來

後來是荷蘭軍艦

法國孤拔將領也來賭

天空一一見證

……（中略）

其實，沒有人真正贏過

除了時間

——摘自〈觀光賭場〉

你看，不論是「媽宮古城」掉手掉腳無法完整其全貌，或不能說話的「萬軍井」即使口沫橫飛也說不清「施某」為何降了清，而何以「孤拔墓碑」不自主地就成了一座法國異鄉人遺落在澎湖的古蹟？至於由古迄今澎湖老早已是自然力風和海的「觀光賭場」、歷史炮火的「戰爭賭場」……等等，不論何者，哪一樁不是真切不可移易的實情？哪一樁不是澎湖默默承受過的重擔？這就是渡也的「詩的殘忍」、「殘忍的幽默」，此種輕鬆中透露凶狠的呈現，也正是渡也經常演出的「刀尖下的幽默」、或「彈孔中的幽默」的展演手法。當這種「殘忍」以詩表現出來時，反而有一種「不錯，歷史是殘忍的」但「時間畢竟是公平的」之釋懷感。不可容忍的、不可抵禦的、不可承受的屈辱或傷痕，好像都被時間的大手給撫平了。即使已殘破不堪的場景，都有了一種殘缺之美、醜陋之美、傷痕之美，卻是可以有距離去接受和欣賞的。渡也以詩呈現的「殘忍的幽默」，反而是澎湖沉默不語、有容乃大、樸拙素淨的彰顯。

　　這恐怕就是渡也對澎湖的情懷和用心了。他並不把澎湖只當作觀光旅遊勝地看待，在他心中，澎湖的每一當下都承載著龐大無盡景觀和自然生態、博廣的文化意涵、縱深的歷史傷痕、和游移互動的人群在內，牽一髮而動全身，這正是澎湖得天獨厚的完整性和自足性，是臺灣其他地區很難享有的。

　　因此當我們再看渡也「另眼看澎湖」的俏皮詩句時，很難不把自己也化身其中、或乾脆回頭再瞄清楚澎湖，生怕自己是看走眼的那一個。比如下舉三例：

　　海和風

袒胸露肘
追來追去

澎湖的夏
一絲不掛

——〈澎湖（之二）〉末段

一整夜
風攪著海
攪著光
摔過來
又摔過去

——摘自〈燈塔〉末段

澎湖是用魚、水和風做成
澎湖人都是魚
都是水
都是風

澎湖人都發動引擎
澎湖魚都發動引擎
水的引擎
澎湖的夢都張開翅膀
夢的翅膀

因為澎湖的海

是魚的機場

而天空

是夢降落的地方

　　　　　　　　──摘自〈望首〉

　　當渡也說「澎湖的夏／一絲不掛」時，所有去過住過澎湖的人都會會心一笑，雖然不確知渡也真正在想什麼，每個人的解讀又都不盡相同，卻都心有戚戚焉，好像澎湖早該「比基尼化」甚至老早就「天體營化」了，這就是讀渡也的妙處所在，會發現別的地區怎麼都不可能出現的相似景況。當渡也說澎湖的「燈塔」會「攫著光／摔過來／又摔過去」時，那種「戲劇性的笑果」亦非常相近，也好像只有澎湖的燈塔才有這種本領似的，渡也可以說又把澎湖「武俠化」了。而當渡也說澎湖和澎湖的人都「是用魚、水和風做成」的時，他可以說已把整座澎湖都解構了，「流體化」了，澎湖已不隨流俗搖擺，有自己的節奏和步調了，澎湖擺脫了臺灣，擺脫了兩岸，擺脫了一切的束縛，那是渡也的理想世界，那是渡也鄉愁的歸處，隨魚、隨水、隨風，自如來去。

　　沒錯，始終素樸自在的澎湖是魚做的，把海峽兩岸都推得遠遠的澎湖是水做的，不怕被另眼相看的澎湖是風做的。

　　渡也的詩也是。

　　　　　　　　　　　　　　　　　　　　　　　　2009

玩到極限
——汨羅之子《以詩‧畫行走——楚戈現代詩全集》初讀

一生「一路玩到掛」的藝術家，詩是他「玩美人生」的一小段

他的玩，提醒了我們的不會和不敢

　　楚戈可說是他同輩中極少數能將一生「一路玩到掛」的藝術家，寫詩只是他「玩美人生」的一小段。他的玩，是基因是個性，是天生要命的樂觀使然，卻也是時代捏塑的結果，是藉自我倒懸、促狹己身以嘲弄體制、抵禦命運的一種方式。以是，他乃可與癌共生三十年，九進九出醫院，被鈷六十烤成一隻火鳥，清瘦矮小的他，到晚年不能言語、以喉胃管灌食，依然玩興不減、生機勃勃。其原因是，他早已將人生置於「無所謂」的「最低期望值」，因此可把寒冷看作「離」冰凍還遠，認為只有死才能觸及絕對，離開「無」或「零」，就都是賺到的日子和人生，因此才能唐吉訶德式地始終以一枝筆當「風景的王侯」。

　　這樣一個將生命「無所謂化」的人，當然極度討厭框框，卻又可以「無所謂地」在別人設定的框框裡、框框上彩繪塗抹，把框框也設計、改造、遊戲化成他生活重要的線條。

他的玩剛開始是逃逸，逃逸不了就將自己和周遭一起遊戲化，遊戲到某一層次後發現其中有奧妙或奧義，就開始追究之、嚴肅之。他離去的前兩年（2009）出版學術著作《龍史》，「反對」有誰是「龍的傳人」，挑戰傳統所謂華人乃龍族、帝王為龍子的神話。此作其實是一帖楚戈史、一冊文化演進史、一部東亞農神變遷史、一整座宇宙奧祕想像史，卻也等於對他一生「玩到極限」的歷程做了一個「戳框」的總結。

他的玩，因此介在不正經與正經之間、遊戲與嚴肅之間、通俗與雅正之間、框框與非框框之間，說穿了，其實他就是一位「敢」把人的左腦與右腦玩到極限的人生大玩家。他的玩，提醒了我們的不會玩、不敢玩，其實也警示了絕大多數的人始終活在被社會設定、教化的各式框框中，可笑、可悲和可憐，卻絲毫不自知。

最初即永恆的汨羅江

當他在〈白日〉一詩說：

> 一些不願成形的詩句
> 總是喚之不來　驅之不去
> 它們要迴避的只是文字

「喚之不來　驅之不去」的多半是鄉愁，卻又是影像層層堆疊難以排序的人事物景，縈繞於心又無以排遣迴避，令他痛苦、難以紓解，他知道那其中總有一些什麼無法以文字傳達，他們是一些「詩句」，卻「不願成形」，「要迴避的只是文字」。這幾句話具

有心理學、大腦科學的深層意涵，也是對詩之定義和楚戈自己極大的挑戰。這樣的感受與認知不會突如其來，而應與他童年或年少的的經驗有關。

這一位童年到少年時即有無數家鄉挨炸、逃難、面臨死亡（比如十歲時出一拳打八歲的弟弟，弟弟一星期後死亡，此後他成了與弟弟的合體，其影響恐怕是一生）的經歷，戰亂時撿到《老子》、《簡愛》、《愛麗絲夢遊奇境記》，讀得津津有味，他是在汨羅江畔的屈子祠內讀中學時大幅度成長的汨羅之子，既有離家的驚恐、也受到湘江流域山山水水的薰陶、和屈原精神的影響，加上端陽時四地來朝廟的龍舟齊聚喧鑼的盛景，林林總總如何能夠盡以文字傳達？年少即孤獨地尋找自我的他，竟可支開朋友，「星光下獨坐在濯纓橋墩上，聽溪水流入汨江那交會的聲響，第一次感到名山實在是很幽獨的」（〈端午憶汨羅〉），此處的「名山」乃一臺地，「濱江凸出，風景絕佳」、「兩岸和沙洲中柳叢濃密，終年都像籠著一團輕煙似的」。此種「幽獨感」的年少經驗成了往後他時時追索的生命標的，也是一生走上與他人不同道路的基砥、緣由，如他在〈端午憶汨羅〉（見爾雅版《再生的火鳥》）一文中所述的汨羅江，即是此「幽獨感」的最佳寫照：

> 汨羅江流經名山屈子祠這一段，離洞庭湖不遠，但在這臨江的峭壁上還看不到那壯闊的波瀾，然而水鄉的氣息是可體會到的。這種江湖邊緣的感覺，詩人最能體察，因為若是真的面對那壯闊的大澤，讚歎已經使你無暇多顧了。但若是看不到湖而知道傳說（包括地理、文學、小說）中所描述的那早已習知的滔滔大水就在不遠的地方，在聽道的深處，或

許已隱隱的感觸到了那風濤的長歌了。那和真正置身於萬頃波濤的湖邊的感覺是大大不同的，懷思加渴想最易使人產生無盡的夢幻。

汨羅江與眾不同的地方，或許就是它那雖可通達別處，但終是幽獨的一隅吧？

此段文字最可注意的是「江湖邊緣的感覺」、「懷思加渴想最易使人產生無盡的夢幻」、「雖可通達別處，但終是幽獨的一隅」等詞句，說的是在站在邊緣，不見洞庭而懷想洞庭，雖可通達卻最終仍寧居幽獨一隅的年少現實體會，卻也是引領他有所悟思的生命境界。

他之所以被稱為一個「無法歸類」的人物，「時而散文、時而現代詩、時而插圖、時而評論、時而古器物研究、時而水墨、時而雕塑，突然也來個繩索裝置，最後投入油彩創作」（蕭瓊瑞），雖然對什麼皆無所謂卻曾有不少「不完整的戀」之追尋，率皆與其心中那條江的存在有關。那是一條無可取代的江水，使他對「滔滔大水」、「萬頃波濤」寧可享有免見牌，寧可「在聽道的深處」、「隱隱的感觸」即好，這或是他的老友辛鬱會說他能「怡然自得」乃「得自怡然」，其「怡然」應即從汨羅江上「幽獨體驗」而來，即使此「怡然自得」的保持非常不容易。十七歲他離家從軍到武漢之所以「最愛登黃鶴樓」「眺望壯闊的江流」，十八歲到南京之所以「最愛一個人跑到江邊看滾滾的江水和江上的帆船」（〈楚戈寫作年表〉），不過是「幽獨體驗」的重溫。

他的心其實始終留在汨羅江上，他說那「豐腴的江岸」是「綠色的走廊」，既「伸向美麗的心靈」也「伸向永恆」（〈汨羅江

上〉首段），他說「那裡失落的詩無人綴拾」，他說的不是別的山山水水，而是最初的汨羅江：

> 昔日「濯纓」橋下裸泳的孩子
> 如今是踉蹌冰原的異端（〈汨羅江上〉第四段）

「濯纓」的結果最後不得不是「異端」，這是屈子祠的屈子早就教會他的。

沒有一個形式或戀可以「完整」他的最初

當然，這條「少年河流」終將流向「壯年的」湘江和「老年的」洞庭湖，但在此之前，他及它都寧可保有「不知往何方獻出自己」的夢想。一旦真正入了洞庭湖，反而像流進了陷入了眾人盡知盡在的框框，即使框框再大亦然。

因此楚戈較早的詩集《青菓》前後的分行短詩抒情味較濃，有時有小小「傷他悶透」，長詩與散文詩合體如〈假期〉、〈淺灘〉，或散文詩如〈鳥道〉、〈射擊〉，則創意十足卻有點歐化和晦澀，是非常自然的，因那種青和澀和苦味甚至虛無，說不定與他十四歲就讀《老子》和《簡愛》有關，那也是他的直覺和整個時代壓抑的氛圍衝撞後最真摯的展現。他說「這樣荒謬的時代，我的詩若是不荒謬，除非我是麻木的瞎子」既是指控，更是實情。到後來的《散步的山巒》時期就輕快也知性了許多，很多散文詩「重洗」了舊作，令人眼睛一亮，不得不驚異和讚嘆，簡直直追商禽和秀陶。

比如他在散文詩〈未曾敲響的聲音〉前三段中說：

> 常常懷念一些從未到過的遠方，那裡封存了許多未經敲
> 擊的聲響。
>
> 站在看不到涯際的海岸線上，夢想躊躇著，不知道該向
> 那一方釋出自己。此時，往昔的記憶紛至沓來，我聽到一聲
> 春然的聲響，那是脆弱的淚水滴落在拱殿的清石板上，振動
> 了曠古的寂寥。
>
> 雲飛潮湧那天，我彎下腰把胯下當中聖殿的拱門，從這
> 裡窺伺高空，為倒立的太陽塑像。而把澄明的愛戀播入遼夐
> 的無。期待莊嚴的樹梢會落下一顆幼小的星仔，種入歡呼的
> 土壤。

這應是一首情欲詩，寫來卻像是山水幻想曲。前兩段正像是
汨羅江對「未到過的遠方」之洞庭湖的懷想，「不知道該向那一方
釋出自己」。但此處因有「海岸線」出現，則已雜揉了臺灣海島經
驗。而「淚水滴落在拱殿的清石板上」、「聖殿的拱門」則應與往
昔家鄉記憶有關，此處「聖殿」或帶有女性陰部的隱喻，「從這裡
窺伺高空，為倒立的太陽塑像」是對時代壓制的另一種補償方式。
「把澄明的愛戀播入遼夐的無」說的是愛戀的無邊無際，及「落下
一顆幼小的星仔，種入歡呼的土壤」有對愛戀結果的預想和期待。
到了下一段就看得更清楚：

> 走進戀人清幽的眼神之深處，沐著和風的創傷，一一疤結成
> 時間之碑銘。你拂拭塵埃的手在我的臟腑之間開發了一片梯

田，我把飄泊的記憶全栽在豐潤的阡陌之間。不管將來安立的腳背是不是會滋生青苔，眼中會不會升起雲霧都無所謂，只要握著你的手，我就知道無涯並不那麼長，有限也不是那麼短暫了。

「創傷」因「沐著和風」而「疤結」，「臟腑之間」有「一片梯田」，「飄泊的記憶」則「全栽在豐潤的阡陌之間」，均有男體女體的意象。楚戈寫這首詩顯然還在「初遇」的汨羅江上，洞庭的確還在遠方，末尾說：

　　我們躺在沙灘上，以整個身體傾聽海與陸地初遇的語言。其時太陽斜在你的左耳與我的右耳之間，歡情在激灩的波間放牧，地平線順著你的眉睫展開，這是張望者空曠的劇場，這裡上演不需要動作的舞蹈，不需要樂隊的曲調。
　　嘗盡所有漆黑與苦澀之後，才知道翻騰的溪流，正是群山封存已久的歌唱。

「張望者空曠的劇場」既在說遠方，也在指尚未觸碰的女體，也在說未經世事的自己，其中皆「封存了許多未經敲擊的聲響」。而一旦「翻騰」過後、「歌唱」過後呢？那豈不是像「不願成形」卻又不得不「一一成形」的詩句一樣終將化為空無？

因此保有汨羅江，便暫時還能站在框框外，當他說「詩句」「不願成形」，「要迴避的只是文字」，他要說的是寧可保有許多人事物景和想像在「文字之外」，一旦化成文字反而不是那本來要說的「詩句」了。「稿紙是詩人進入的夢境／筆是攪動靈界的魔杖

／字是發了黑的木乃伊」（〈斷想〉），未寫和已寫之間如同少年的汨羅江與老年的洞庭湖、也如站在框外與流進框內的差異，他對文字的戒慎可見一斑。

因此有時他寧可改用水墨或彩墨大筆揮灑，以圖以書法以繩結以各種形式代文字展現。文字對他而言、或者具體可知的任何形式對他而言，乃至任何異性對他而言，一開始也曾是一條條汨羅江吧，到後來都免不了要流入一座座洞庭湖的框框中吧？他早年會在詩集《散步的山巒》（1984）中寫詩六十四首卻畫上五十八幅彩色畫、墨蹟稿及插畫，豈不是很自然嗎？文字必須動用到理性的左腦，圖則不必，那絕大多數只需動用右腦感性的直覺力，他不過是「忽左忽右」而已，有時「右腦的圖」多一些，有時「左腦的文」多一些，有時全腦一起呈現而已。他傾多年之力完成的《龍史》難道不就是「鑼鼓喧天中，龍舟的頭都划向名山的懸崖前，向屈廟致敬」的那一張張動態景致圖之文字化而已？他寫《龍史》，不就等於在寫汨羅江史？

以是他所有的努力、各種形式各種創作也不過是要再造一條汨羅江而已，即使他的「戀」也是，皆不過尋找一條「翻騰的溪流」的過程、讓「封存已久」的群山「歌唱」。

那條江長年層層疊放在他感性的右腦中，是沒有框框的，簡直像一條龍，是可以任意奔突的，又如何能以世上任何形式的框框加以框限？何況龍是有「蝦眼」（或鬼眼）、「鹿角」、「牛鼻」、「狗嘴」、「鯰鬚」、「獅鬃」、「鷹爪」、「魚鱗」、「蛇尾」九種動物組成的形象，當如何歸納其類？莊子藉孔子的口說老子是「合而成體，散而成章」「其猶龍乎」的龍，那又如何能「被歸類」呢？

楚戈很早很早就開始他的「跨領域」事業了。

破碎也是一種完成

在楚戈看來，世上所有的形式和「戀」皆不過是一個從「無」到「想辦法化為龍化為蛇或化為蟲」再到「無」的「行程」而已，其行程如何，皆非得自「爭取」，而是將自身置於無須強求的「零」或「無」，最終的消逝也在預估之內：

> 在這個世界上，原來就沒有「我」，後來變成了有，以後必然會消失，以下（按指年表）只是從沒有到無中間的一段行程而已。（〈楚戈寫作年表〉）

「沒有」也是「無」，從「無到有到無」既是一個不斷循環的「行程」，所有「飛揚的燃燼」皆如紙錠的來和去一樣，是「怎樣脫離形閉／一下進入成、住、壞、空的境地」（〈紙錠之逝〉），因此「飛揚」和「燃盡」是必須的。也必須坦然接受「這先天的設限」，接受「人之極限就是人的身體」，只是「從模糊的邊沿出發／在非回頭不可的地方迴轉」、「於它自己的範圍之內／完成其自己」（〈結構〉）。「非回頭不可的地方」說的是人的「極限」、玩的「極限」，卻寫得像哲思詩。稍具形象思維的則如〈受驚的石雕〉：

> 許多年代我為雕塑所囚
> 脫離了一切的本來而成為陌生的形象

直至我變為一株真正的野生植物
內心的灰燼方化為一種思想
才接受另一次睡意
才把嗅覺冷藏，因其自始便屬烏有

　　拉康所謂「自我即他人」，心中的自我的「雕塑」看似自我
內在的認定，卻其實來自外在親友、家庭、社會、時代設定的框框
所形塑（被教化的左腦），只有透過行動力使成為「真正的野生植
物」（回到原始的右腦），其後對心靈的「灰燼」才有新的想法和
認知，「另一次睡意」「嗅覺冷藏」似乎是「怡然自得」於「自始
便屬烏有」的重新領悟。
　　如此他才會說：

蛆的蠕動與英雄行為　在光學裡佔同等地位（〈淺灘〉）

世上一切也什麼都是等值的：

……（上略）生用死行走，熱用冷行走，冷用冰行走，有用
無行走，動用靜行走，陰用陽行走，海用雲霧行走，星球用
引力行走，火用燃燒行走，水用流動行走，詩用文字行走，
歷史用過去行走，偉大用卑微行走，行走用行走行走。

夏日的夜晚，一顆劃亮天空的流星，掙脫了軌道的羈絆，或
許只想「乾脆快一點」，要把行程縮短一點而已。（〈行
程〉）

生者因死者而行走，一切可見的皆因不可見的而行走，在因不在而行走，如是，則到底是他或他弟弟在這世上行走，其間也並無分別，行程長或短也無分別，只要「變為一株真正的野生植物」即是好。比如他的散文詩〈日記（二）──鱔魚〉一詩：

　　　　沒有什麼比那次遭遇更令人難忘的了。
　　　　一位女運動員在賽跑時繃斷了褲腰帶、新郎忘記了新娘的名字、一名紳士被大黃狗趕下了泥塘……等等都不足以相提並論。
　　　　你見過嗜食鱔魚的傢伙被一條黃鱔所咬嗎？那條鱔魚從熱湯鍋裡電射而出，死命地咬住那饕餮者的食指，除了頭以外，它的全身早已被煮得稀爛。

　　就是這種「野生的」本能，使得他的散文詩到末了「野味」十足。
　　比如下列三首，其中〈酒徒〉（二）是由早年的〈鳥道〉一詩抽出重寫的：

〈群樹〉

　　　　深深地對視著，一時使蠢動的沃野陷入寂然。
　　　　風在風那裡吹著，海在海那兒動盪，任它花開花謝，只有靜靜的這邊時間也暫時為之屏息。不在一切之內也不在一切之外的我們，用眼睛搭建一座拱形祭壇。那時你用彈古箏

的手伸入白晝青銅一般的雲間，撥動的音樂，在隱祕的聽道
迴旋。

深深地對視著，在屏息的時間中，周遭的群樹紛紛奔
赴青空，把它們的意欲，獻給遼夐的餐盤，在你深情的瞻顧
中，我收穫富庶的關注，如同群樹收穫陽光。

〈酒徒〉（二）

自從他任性的眼神把地平線純淨的藍色灼焦了一個印子
以後，他就再也不敢看任何人了。他終日啜飲，為的是要在
眼中製造一片稀里糊塗的混沌。

汝是水中之濕、鹽中之鹹、風中之狂飆。也是目中之
觀、音中的微響、火中之熱、水中之寒。

啊！山外之山的一撮塵土雲一般、竹一般地斜在我的肢
體裡面，純淨而莊嚴。

〈呵海〉

並不誕生的海，因為最初就是如此，所以也不必擔心死
亡。人在泥土中漂泊著，泥土在海中漂泊著，海在島嶼中漂
泊著。

而一切最終的歸宿乃是欲領略一次完美，猶之花在呻吟
中最後的抽搐。在一盆秋海棠的違章建築中，我目擊鬼魅般
的夜，隱藏在葉脈的甬道裡面。

我們放棄炊事的灶而轉進新的戰線。我們飲自己的尿

便，因為我們別無選擇。

　　呵海！唯有你可以包括而不包括、行動又不行動，不進也不退、說而不說……等等。

　　既然是最初的，便不必擔心最後會有什麼事情了。

　　「不在一切之內也不在一切之外的我們」說的像是既「不存在」又「存在」，因戀而暫時有了「富庶的關注」。「山外之山的一撮塵土雲一般、竹一般地斜在我的肢體裡面」說的是「一撮塵土」，既如「雲」又如「竹」，既輕又定，成為有，又像沒有，又像有。「可以包括而不包括、行動又不行動，不進也不退、說而不說」說的是海，又像在說空無，既大有，又像沒有。這些有哲味和禪意的語句甚具辯證性，也建構了他詩形象背後廣袤的生命背景，因此讀來令人陷入沉思和感嘆。

　　就像他強調的「破碎」，不論是心靈或身體的，反正「自始便屬烏有」，反正「早已被煮得稀爛」，就如他曾提過的：同輩軍籍詩人與他皆是「一群死士」，當年「死不了，無處可以赴死」，只好寫「所謂的詩」（〈八千里路雲和月〉），詩彷彿成了他可以往下跳的汨羅江。則「破碎」的體認豈非必然：

滿地都是破碎的微笑（〈故事〉）

破碎也是一種過癮（〈碎笛〉）

破碎也是一種完成（〈碎笛〉插圖詩／見詩集《散步的山巒》）

對一切也就可以「無所謂」，如此一來，他豈能不「怡然自得」呢？當他說：

> 永恆啊，在你的丈量下
> 使多少虛空成為莊嚴的黎明
> 又讓多少偉大化為笑柄（〈白日〉）

這三句很像楚戈代屈原寫給他的楚國的，也像是楚戈寫給他自己的時代的。

或可以說，楚戈一生要尋覓的汨羅江早就不存在了，即使再見到汨羅江，也不是當年的汨羅江了。汨羅江是他的最初，藏著他的幽獨他的年少他的清純，早就遺落在路上了，已不存在世上，只鮮活地明滅於「喚之不來，驅之不去」的夢裡和苦澀的回味中。那是不可見、摸不著的，因此對可見的一切也就「無所謂」了，也沒有一個創作形式可以「完整」他最初的失落，也不可能有任何一個「戀」可以。

只因他早已將人生置於「無」的「最低期望值」，如此包含「不完整」或「破碎」的生命歷程豈不才是「完整」的人生？在那裡，我們終於看到屈子和老子在楚戈身上的雙重影響了。

2014

水的上下，火的左右
──碧果《肉身意識》與他的二大爺

　　對碧果而言，「門」或「人」是宇宙自然一個奧妙的通道

　　碧果是語言世界中的達利，卻是孤寂的先行者。他也是生命的
禮讚家，以一雙巨眼凝視這世間，不，是這宇宙。他的身上混同的
是少年的李金髮、中年的馮至、老年的夏宇，以不苟同於所謂主流
正派，躲在世界的一角不停地建構強化自身的生命力度，對文字充
滿了叛逆、敵對、和不信任感，時時直覺的對生命和文字之「本不
可穿透性」興起一種反彈和嘲弄，他的絕然凜然地出入實與幻的能
力和耐力比同世代的詩人走得都遠。

1.碧果的肉身與意識

　　但他的確是樂於活在當下的人，懂得活在當下的人，當他以一
雙火眼金睛瞪著人和事物時，絕對與之有「換魂」、「交肉」（交
換肉身）的力道和效果。而尋求這種穿透「形」（肉身）與「神」
（意識／靈魄）的力道和效果，可是費盡了碧果一生的精力。在他
大量的詩作中不曾間斷地探索的正是人的肉身（形）與意識（神）
的相抗、矛盾、互動、和統一，此「外」與「內」的辯證關係於是

成了碧果一生思索的重心。

　　碧果他們那一代的詩人都有這樣的難題──不自覺的地就染患上了「肉身與意識分離症」──人在此心在彼，。他們一生面對和橫跨的年代之寬之廣之奇幻，皆非其他時代詩人所可想像。一起初從慌亂逃亡中來到世界的一小角（臺灣），龜蛇龍虎均被趕至一籠，經歷、幻覺交叉著苦悶不堪的現實，戰敗、死亡、和老家的情境混淆著沉鬱卻又有著奇異安寧的南方氣候。僥倖活下來是喜劇，而竟然還要背負「沉重的過去」活下去則是悲劇，原鄉和親人成了現實之夢、夢中之真，卻又是不可重現觸碰的幻境（以為三五載又可轉成現實），如是者輾轉反側三年、十年、最後是數十載，從無法切割、到斷裂、到又不是全然的可以釐清，那樣的五、六〇年代本身就是非常超現實的，這也是很多其他時代的詩人和本土作家始終想不透的。

　　「肉身與意識分離症」使人處在現實中仍極易進入夢境般的恍惚感，意識不能與身體溝通，此時，身體所處的現實與意識所感到的虛幻於碧果而言，都是等同的，他的眾多詩作不斷地重複的，是此二者的相互質問、對話、到相互認同的過程。他與他的怪字怪詞是質問的關係、後來他與他的小花豹是對話的關係、他與他的二大爺則是混同的關係乃至可得解脫的方式。後二者也是一般人較易貼近碧果精神外圍的部位。

　　但肉身與意識、現實與虛幻、色與空、有與無、存在與虛無的辯解對碧果來說，名詞並非重要，因為它們不是可二分的，根本是一體的兩面，他對人生真諦的體悟是早熟的、被迫的、是時代在肉身與心靈烙的印，以是能及早得知其間互相轉換的奧妙。如以「色」（肉身現實／看似有限）不停地去質問「空」（意識／虛幻

／其實是無限）說：你是真還是我是真，其實有點無聊，體認並了然於它們彼此間的「同質同素」，更是碧果所關心。碧果一生對「我與萬物」之間的「奧祕」充滿了好奇和玩興，他對所有有生命或無生命間極端可能的靈犀相繫、質能相通的玄妙有著超出常人的偏執和熱度，他探索的深度看似晦澀難懂，其實隱含了不可數語道盡的人文和科學精神。

2.二大爺是「碧果的魂」也是「碧果的殼」

　　二大爺正是與碧果「同質同素」的鏡像。他是「碧果的魂」也是「碧果的殼」，是碧果創造出的既存在又不存在的戲劇性人物。二大爺跟碧果看似長得一模一樣，但一個是透明的、另一個則不透明，至於誰透明誰不透明並不一定，反正當一個看似屬靈、另一個就看似屬肉，當他們活在當下時，多半是二而一的，有時進入複雜的理性甬道或迷宮時卻又是一而二的。他與二大爺的相互轉化是承繼了早年的碧果而來，藉助形神轉換而相互承擔生命的苦和重。

　　他詩中常用的「之我」或「我之」都是此種相互轉化的最初形式和方法，當早年他說「我乃魚之我／魚乃我之魚」（〈逃逸〉），就不能單純以莊子惠子的寓言視之，譯成白話或許是「我是魚性隱含其中的我／魚是我性隱含其中的魚」，那時對他而言還是一種期盼，是形神分離中神的脫逸，其中顯現了生命的不安無不遍在，是企圖領會形（我、魚／物質／肉身／有（限）／色）與神（魚性、我性／精神／能量／無（限）／空）永恆相抗、互動的宇宙隱則。而當他說「樹以西之我於樹之中／我以西之樹於我之外」（〈樹和我和樹〉），前句是說樹皆有我性，後句是感嘆，說比我

更西之樹卻在我能領悟之外，顯示了自我的有限感，他要說的是
「可見」之中其實仍有諸多「不可見」的隱藏其中，是形神不一
中形的受縛；此種既介入復脫離、看似矛盾的心境是他一生凝視的
焦點。

　　以是當沈奇說碧果「永遠的命題」是「逃逸」，是荒誕年代
的詩人迫抑於對生命的無奈，乃返回自身，遁入感官世界中去傾聽
「肉體內的琴音」；孟樊則認為沈氏之說「恐為其反」，並舉證說
明碧果的生命底蘊、創作的核心母題（motif）是「囚」。沈氏注視
「外」，孟氏注意「內」，其實二氏所言各為一體的兩面，碧果感
受生命被「囚」的是「形」是肉身是看似有限的部分，想「逃逸」
的是「神」是能量的紓解是無限可能的部位。而「逃逸」或「囚」
正是碧果寫「二大爺」系列前的「衝撞方式」，世人只見到他以
「怪／異」詞組與「性／愛」的尋索作為他不安的表現模式，卻未
見到他隱微的生命哲思。由他早年的小詩〈花〉讀起或較易貼近他
的詩國、也可看作是他所有詩作的原型：

　　僅差一步
　　就是
　　界
　　外
　　脫去衣裳可以走了

　　「衣裳」是指魂所依附的肉殼（花貌），說的是形／色／有／
肉身綻放至頂點才是神／空／無／精神的真正解脫，意即只有將能
量（神）藉助物質（形）盡情開展，才有脫解的可能，否則易落於

空談。但那時「花」還是花，碧果仍是碧果，「僅差一步」是他對「鼎盛」「燦放」的渴想，是他的「囚」對「逃逸」的嚮往，卻也隱含「形」「神」理應合一的理想。他的此種「綻放感」、對「僅差一步之形的講究」恐怕要到寫小花豹時期才得以完成，此後即使「空了」也無妨。

3.二大爺「門的哲學」

碧果是瀟灑的，雖然他知道真能瀟灑的是意識是能量，但卻得將此看不見的精神能量集中聚集在看得見的事物上（如花的表現），否則就無所謂「界外」可言，到末了碧果明白了並非「花」（是名詞也是動詞）不可，尋常事物如蛹、如蟲、如蜥蝪、如一碗粥、如發芽的杏、如玉米、高粱、如桐樹、空巷子、如二畝田（常指舊式六百字稿紙的格式）、山與水／子與孫……等等，無物不有均有其形式之美、和入神了悟的可能，甚至「二大娘呼喚早餐的／大嗓門」也都成了他「頓悟的通道」（〈一張奔跑的梯子〉）。於是來到廿一世紀的碧果就不再堅持必須是「花」、「魚」、「豹」等完美事物的演出，他開始將事物看成不易穿透的「黑體」，是玄祕不可解的、也不必解的，重要的是「開」與「關」，是自如，是站在「門」上，是任風吹過即好。

二〇〇二年他在寫〈空著的一支瓶子〉時可以看到碧果精神的大解放：「一支／瓶子在那裡空著／我在那裡空著／／風過時，瓶子口，發出鳴聲／發出鳴聲，是我張口，在風裡」（首二段），說的是「空」的美妙，是如空瓶般「殼」的必要，卻是不受「囚」也不必「逃逸」的自如感。無疑的這樣的詩是形神合一了的碧果，是

不必燦放而自然燦放的碧果，是不必活在某個季節才開花的碧果，
是樂於當下活在當下的碧果。等到「二大爺」系列詩出現，就更可
看出碧果觸及的精神層次，如〈活著的N度空間〉一詩，：

　　站在二大爺的肉身之內
　　看鏡中的二大爺立身在鏡外
　　哦　走進鏡體的是他！
　　是他？

　　是他。

　　這首詩若把碧果與二大爺畫成四種表情放在鏡的內外，效果一
定非常達利。「N度空間」指的是層次的繁複和無盡可能性，「站
在二大爺肉身之內的他」、「鏡中的二大爺」、「立身在鏡外的二
大爺」、「走進鏡體的他」像是四個人，其實是「他」的「形」
與「神」、及「二大爺」的「形」與「神」的對視、質疑、、互
動、與統一，是形（肉身）神（意識）可以無限互視、互動、和N
次開展互映的抽樣和化身。末三句中的「是他！」是驚訝，「是
他？」是疑慮，「是他。」是確認，正是從早期怪異驚世、到中期
的「囚」「逃」不定、到近期自在自如的碧果一生的探索過程。此
詩有趣的是「鏡體」，區分著內與外、真實與虛幻，「走進鏡體」
意味著與鏡中的二大爺做空間置換的能力，而不代表內與外有何高
下分別，亦即只是作為意識與肉身往返能力的評量，期待達到自由
反覆的力度的大小。
　　早年的碧果說：「我們的臉孔乃窗外的大地／有鳥自我們雙

目中飛出」，那是肉身借意識的放大而放大，有種亟欲吞吐一切的氣勢，其實反映的是內心深深的恐懼，害怕我與大地若有分別，將對自己對自然都喪失掌握感。但到了「二大爺」卻坦然而率性，呈現了碧果真純自如的生命觀，比如第一首詩〈陽光遊戲〉，即可看做是「二大爺」的初登板。詩一開始：「初冬某夜／被一雙附著視覺的手／分解為絢燦的彩繪／尋覓春的印記，在傾斜的肥沃中」，「傾斜的肥沃」應與女體有關，委婉寫的是一場性的激情過程。其後翌日在空寂無聲的窄巷偶遇蜥蜴，詩的後半說：

　　二大爺獨自一人，面對一隻藍尾蜥蜴
　　與之共享的是四目喜悅

　　「你　怎麼也來了！」

　　管他誰個的一問一答
　　只見蜥蜴悠忽的龐然起來
　　而　炫目的陽光裡，卻不見了二大爺

　　面對一隻蜥蜴「悠忽的龐然起來」而「不見了二大爺」，此事非同小可；你可以想見一隻漲大的蜥蜴前方一個突然在陽光裡消失的二大爺，若加上背景暗處有春事在發生，此畫面豈不超現實極了？蜥蜴如果是外界，「放空了」「不見了」的二大爺就是「僅差一步就是界外」的那朵「花」（但再也不必是花），面對尋常蜥蜴就有「脫去衣裳可以走了」的感受，碧果的確已練就了乾坤大挪移的神功。詩的整個情境是以超現實的方式展演，但也彷彿預告了碧

果「肉身與意識分離症」的終結，同時也召示了此詩集中「再也內（意識）外（肉身）無別」、荒謬可與真實共存並置的心境。其他詩作中說：「門／開向哪個方位都無妨／只要／開著」（〈初春的一個早晨〉）、「世界就是一些習以為常的瑣事／在那碗粥裡二大爺早已成為自己的天地」（〈一碗粥的演出〉）、「在四季內外／二大爺像扇門／他月夜瀟灑的開關著自己」（〈十月，青色的海喇〉）、「啊　是蟲身了的二大爺蠕動成　蛹／絕非是異想天開／蝶　已在鏡體的內外飛舞」（〈門的內外〉），說的皆是形神對抗的消失、界線的泯滅。門、蛹都只能待在固定的地方，但仍可「開關」、「蠕動」，這就是奧祕的全部，因其「內」其「外」都由此「動作」扮演轉換出入的角色——門的開關相似於蝶的撲拍／蛹是蟲的自縛、蝶的前身——而這即是人的角色。

因此本詩集不斷提到的「門」，不只是尋常印象中的門，而是一切有「內外」可承載乃至可生可長的出入口，包括鏡子、窗、網、鎖鑰、田、土地、碗、眼、芽、嘴（口）、性器官、蛹、夜、四季（尤其是冬天）、喉、以至可分出上下左右前後的事物……等等，比如下列三首看似簡單的小詩卻莫不有「門」的效果：

〈目擊者〉

二大爺剝開一枚橘子
一瓣瓣橘肉送入口中，之後
開始疑惑。之後

他　　笑了

咯　僅僅是一枚橘子

〈人的問題〉
當自己遇見自己的時刻
答案就在風中雨中
猶似　一把鑰匙
二大爺默然步入鎖的

孔

道。

〈網〉

正在發生。敘述海洋的一張網
像極夢中的魚　的我
的網的我，與那拉網的　手
的我。所以
二大爺張開雙臂，破體而翔
千翅萬翅的。坐在門的地方

　　〈目擊者〉的「橘子」就是生命的象徵，關鍵的「門」就是
「口」，視覺的橘子未嚐前腦中（意識）充滿好奇和想像（一如
〈活著的N度空間〉一詩中的「是他！」），一旦改以味覺嗅覺的
口舌（肉身）去嚐時卻有了疑慮（「是他？」／橘不是橘），末了

意識與肉身合一，方知橘果然是橘（「是他。」／橘終究是橘）。〈人的問題〉的「門」是「鎖孔」，說的是找到自己的感受是悲喜交集的，一如人在風中雨中的處境，外人難看出他的表情和心境，一如一支鑰匙只能開啟一個鎖孔，那種感覺是不宜言語的，只有「默然步入」，然則若世間一人一事一物皆有其不可明說者，豈非人世的大問題？〈網〉本身即象徵「門」，進出海洋的是人也是網，網要撈是魚、撈網的是漁人，網內有魚網外仍然有魚，海洋「的魚的我」、和海洋「的網的我」、以及海洋「拉網的手的我」是一而三、三而一的，都在「逃逸」與「囚」之內外間往返，末二句「二大爺張開雙臂，破體而翔／千翅萬翅的。坐在門的地方」，「坐在門的地方」如蛹的是肉體，「千翅萬翅」破體而翔的是意識，納內外於一，正是碧果生命哲學的精要處。

4.「門」的無所不在

當然，讀二大爺的系列詩不必都這麼嚴肅，碧果其實是風趣而幽默的，讀者也無妨把它當成一部碧果的生命史或姜氏家族史看待，除了主角二大爺之外，詩中還有二大娘、女兒二嫂、幼孫等有趣的人物。〈柿子紅了〉中說「浸在鼾聲裡的二大爺醒成夜／觸撫窗外一輪明月的是二大娘」，兩句話透露出了兩人微妙的情感關係。「柳梢上的風箏是二嫂的／二大爺知道，踩在腳下的是二月／浮在村頭的那朵雲／是／／胎生的。」作者用錯置的比喻、把雲、二月、風箏、二嫂都等同化了，都成了他生命中同樣重量的成分。「二大爺潛隱在遠遠的紅塵滾滾中／迅然，手搗幼孫的視覺。昂首／問向蒼天：／『祂　都知道？』」說的是風流愛「火與肉糾

纏」的二大爺的有趣動作，十足展示了碧果狐疑式的特質和幽默。

其中當然還是以二大爺與二大娘的互動最有趣，比如〈四季之外〉一詩：

> 一覺醒來，二大爺像扇洞開的窗
> 吸口新鮮空氣，一切均將過去
> 使酸腐的肉身稍做清醒
>
> 了悟了的是二大爺
> 人的祕密　在風的背面，火的左右
> 水的上下，雷的前後
>
> 二大娘卻不這麼想
> 僅以一雙古怪的眼神
> 癡望著窗外、牆外、樹外、山外

此詩說的是二大娘對塵世、外在世界的眷戀和好奇，卻無法明白二大爺對肉身與意識融合的本領。詩中「水的上下」、「火的左右」與前述「門的內外」「窗的內外」並無區別，門是內外交界通道，如同肉身與意識也可視為是宇宙偶然的粘合之「門」，風火雷水的產生亦然，不會固執不動，是自然現象的攢聚、形象化，所謂如露亦如電者是。因是如何於剎那變換間體察上下左右前後的幻化過程，與人站在薄薄一層門上重新俯察人與自然內外的各種關係，其樂也無窮。

此即見一即見一切，只是轉換形式不同而已。而二大娘與二大

爺二人認知上的巨大差距，本是無可奈何之事，二大爺仍涵容了這一切，她的大嗓門、她「由彎角處扭過來」的身子依舊「巧妙」，兩人心裡藏的一句話依然像「翠鳥」會相互咕噥。最後這些都成了碧果「門的哲學」的一部分，世間事事物物皆不可窮竟，簡單中無不具其複雜度，因此也無不可成為碧果了悟的通道。

如此再讀他早年的詩作就不必再那麼繃緊神經、小心謹慎，好像一不留意就會踩到文字的地雷，令人魂飛魄散。比如別人的詩必須一首才完整，碧果早年創造的一組詞彙羔聖常就是一首詩，當他說「一芽靜止」時，就絕不止是一靜止之芽，而是靜止之剎那之初生如芽那麼小且微露的奧義，但他說「一芽騷動」時看似推翻了前說，卻又隱含了芽的一切可能。芽是「形」，靜止或騷動是「神」是能量的暫止和欲動，在文字上簡潔地形神化人對生命觀照所得的悸動，正是碧果的強項。此與達利「一錶之流淌」的強烈畫風並無不同，「芽」此時就是碧果的「門」。因此當他說「一肢肉雲」時豈不充滿了荒謬感，像遠離越戰戰場到臺北來渡假的美國大兵，幾小時前才觸碰過烽火中遍野屍塊、甚至背過止血過受傷兄弟的大手現在正伸向某個女人的感覺；對一個剛從戰亂中脫身的人，雲如肉、肉如雲，實與虛有何差異、色與空有何不同？人人何曾「完整」過，不都是被現實、被政客截肢斷臂的殘人？如此則「一朵微笑」、「一樹婚禮」、「一廈驚駭」、「一石之臟」、「一腹之巷」、「一旗風雨」、「一齣玩偶」豈非碧果對生命與語言的「達利方式」，那旗那石那玩偶那婚禮那廈那微笑豈不也是「門」的一種形式？看似荒謬，卻充滿了動態感、布滿幽微的、禮讚的心思。可惜世人不察，經常大為驚駭，以「夢囈式的語言、非理性的意象系統」，「私密性的文字遊戲或情緒的宣洩」（阮美雲）視之，其

實卻錯過了迴然不似流俗的奇山異景。

　　因此即使他早期詩作被大加攻伐他卻不以為意的兩句詩也不妨重新審視一下：「透紫的娼妓之我與透紫／我之一條泥虹的淡水街市之一條泥虹」，第一句與第二句是互喻的，泥虹（如泥上之虹，泥地上因油漬所生的色澤）即第一句那種怪異景色（透紫的娼妓）的等義詞，且因我參與其中而也成為泥虹的一部分，完整一些的句子或可寫成：「透紫的娼妓眼中的我與透紫／彷彿我是『一條泥虹的淡水街市』中的一條泥虹」，其意即是我感受到的（我眼中所見）和現實所有的（淡水市街實有）之間充滿了不可斷裂的互動、卻也存在著無法真正全面密合的聯繫。亦即我主觀所感受的（如「透紫」一詞）與客觀物象（如娼妓）反應出的我與透紫，並不存在何者為真何者為偽，而只存於彼此接觸的剎那和互動中，此當下的之互動即真，此真卻又似幻如同剎那瞥見的虹。

5.結語

　　要讀碧果的詩的確不易，如果沒有與他相近的視域和心境，是很容易「避難就易」起來，故意跳過。但一朝你也站在或坐在門的地方，或者一旦明白「門的哲學」，則所謂內、外，所謂形、神，所謂「囚」或「逃逸」，皆僅是庸人自擾的過程而已。「坐在門上」並非「掌」了「門」，而是體悟了肉身與意識即是此「門」的「開」和「關」，是「門的形與神」的統合，是借此門的「暫存」而可體察內外，於是「門」或「人」成了宇宙自然的一個奧妙的通道。

　　無遇不是門，「在沒有邊界的內外／二大爺一生想說的，只有

兩個字／開／／或者／關」（〈門的世界〉），不論是站在或進入
水裡火裡雷裡風裡芽裡花裡瓶裡田裡蛹裡碗裡碧果的肉身裡任何形
式有生命無生命的孔道裡，二大爺都會以其火眼金睛上下左右前後
審視一番後這樣說。

　　這就是碧果與他的二大爺。

2007

世界粗礪時我柔韌
——《自由時代——風球詩社十週年詩選集》序

十年風球於網路及全省校園中衣裾飄飄，如遊走後現代的一群俠客

　　詩是從日常語言逃逸的一種方式，有時也可視為想從制式重複的日常生活中尋求鬆脫束縛的一種態度或眼光。從詩的角度來看，一旦決心不被日常語言所綑綁，則語言這個國度根本是「無主之地」，要挖礦或植栽，悉聽尊便。

　　若是在語言的「無主之地」植下樹苗，那麼誰寫了詩，誰就好似為語言種下不與人相近的樹種，奇型怪型畸型無奇不有均有可能，但都打不準樹苗會長多大多高或活多長，也無法預知將來能否成蔭供人納涼。但無論如何，那生命之碑記是立下了，運氣好，說不定詩蔭成林；命運再舛，至少還有個腐朽的根留在那裡。寫詩多半是在生命的道路上，沿途為自己留下一系列腐根的過程。那又何妨？千秋萬世或高立殿堂的想法，應非寫詩人的初心。

　　在一切都容易被工具化的年代，至少藝術和詩保留了一點點純粹性，可以讓人為之而活、為之清理出一小塊屬於個人的乾淨的領土。尤其是詩，它的非功利性、非實用化、自由性、介於虛與實之間等的永不會改變的特質，使得它的「純粹力」幾乎具有一種「宇宙力」的能量。因此當風球的成員在個人簡介裡坦誠地說：「我有

病。我從幻肢的羽毛裡爬梳出自己的真相，並且成為它，成為空無一物」（邱學甫），「他發覺了一些事，現實世界裡沒人來保護。在詩裡，於是他試著去義無反顧」（蕭宇翔）、「唯希望能溫柔待己，更能勇於面對世界的粗礪」（方斐／黃婧萱）、「在漫漫旅途中尋找，更接近『我』的可能」（張蘊華）、「唯有真正理解有些人、事、物，是完全失去了，惶惶然的心才能安穩地坐下，靜靜地寫一首詩」（周駿安）、「在所有身邊的故事裡，都藏著一段詩句，像是一顆星藏在浩渺的銀河，而發現它就是我的使命」（林淵智／江豫）、「世界從來沒有教會我們如何去死，那就用力地找吧，直到找到原因為止，所以我會繼續地創作，直到擁有心臟為止」（林澄／林靖涵），他／她們說的是透過詩的純粹性所具有的探勘力、透視力、發現力、和推動力，當進入自身的磁場時所誘發出的可觀的自癒力、和彼此互動的共鳴力道，那是一種多麼純粹的生命的自發力量。

風球詩社就是一個集合了眾多十六、七歲到三十歲左右的年輕人，牢牢掌握住詩之純粹力的社團。難得的是，他／她們竟能將之化為超能的行動力，十年之間使自己成為臺灣自有詩社以來，活動力最強、幅員最廣、成員最多、最年輕、詩展辦得最頻繁最凶悍（上百個高中和大學）、跨度力（跨媒介／跨地域／跨校區／跨網路／跨國際）也最大的公開性社團，十年過去，很多的界域在廖亮羽熱情到不行的主導及一大群年輕朋友的熱火鼎力支援下，一一輕易跨過。上述這些讚語說得一點也不過火，他／她們是一群把詩當作人與人之間的潤滑劑和感情的粘著劑在生活的愛詩人，接觸面和彼此的「精神按摩」，使詩更人間也要更庶民一些，更像詩經以前詩的民間性，即使它大部分的活動領域都在不同的校園裡流竄。

而由這樣一個動態性社團所出版的十年詩選集，與其他詩社詩選極大的不同是，它並不是詩刊（不定期）的詩選，而是由經常性舉辦北中南東的社員讀詩會中的社員作品集，在社團龐大的行動力的背後，其實歷年以來有更多成員、更多的作品以詩展的方式立體呈現過，顯然這只是個抽樣而已。

　　這本詩選收了五十一位作者的作品，女性占了三分之一強，這在以男性為主的一般詩選中已相當特殊。題材上雖然情詩不少，但也有不少具人生感思、環境關懷、時局批判、諷喻現實、具內省哲思、甚至有現代性實驗前衛的作品。比如廖亮羽的開卷詩〈無主之地〉，說的像是對藝術文學理想等欲以高溫的靈魂深度鑽探挖掘人生或人性礦脈的過程，雖然「只有不敢想像的天賦／才能接近那裡」，但畢竟是「無主之地」，有「心」仍能接近，最重要的是過程比結果重要。寫得迷離奇譎，甚有分析空間，相對地也鼓勵了後進面對詩或理想時應有的態度。

　　她的〈邪念之地〉像是為中東難民發聲，在毫無希望的國度成長，「未曾離鄉，你從小就被擄走／一個被他們綁架的孩子，像月球表面／毫無生機，在盜匪的慾望中成長／在首領的語言中習得欺詐」，沒有度過一天好日，直到「國家將背上的你丟下」，而不得不「讓良善離岸，載著最後的人／渡向腐爛的大陸，船底黏附水草／瘟疫、噩夢以及荒蕪的人性」，成為流離歐美、失了根的難民。此詩語言充滿了諷喻、批判和哀悽。強烈批諷中等於預示了臺灣目前所處的困境、也暗喻了未來的可能。但廖亮羽聰明地規避地了現實的政治指涉，只以火和小獸的意象和詩中人物的困窘，戲劇性地演出，使得詩的歧義更大，可解的範疇更廣。廖氏此二詩，等於為此詩選定了調，像是在說，寫詩的初衷無非皆「試著用簡單的文字

去述說那些難以表達的情感，用最精煉的筆，去觸及同一時代人的心」（見戴世珏簡介）。

詩選中即使寫感情的詩都甚有創意，比如周駿安的〈鐵與感情〉：

　　鐵是否
　　是否像所有堅定的感情
　　需要時間，耐性
　　無數次磨合方才鎔鑄

　　所有感情是否
　　是否都帶有鐵的成份
　　因時間而容易生鏽

此詩不落俗套，以知性的鐵暗喻堅定的情感之不易得，卻在未來也有生鏽的可能，前半正寫，後半反寫，表達了人性的缺憾和時間無情的折損。

林秀婷（筆名神蕪）的〈之間〉一詩寫情更出以現代科學辭彙，呈現完全後現代的人際關係和情感連結方式：

　　將感官磨到一個原子的尖銳
　　試著掃描你的位置，甚至每一道關係

　　縮小自我的存在感
　　如果奔跑可以讓自己量子化

穿隧至遙遠的故鄉或更遙遠的你
也並非毫無可能

一道電子流可以打斷你我的連結
也能將你帶到我的身邊
而鍵結與否便是你的決定

真空下，我們的思想已經缺氧
凍結而瀕臨死亡

　　詩中「原子的尖銳」、「掃描」、「量子化」、「穿隧」、
「電子流」、「鍵結」、「真空」、「缺氧」等大量物理和化學名
詞同時擺在一首詩中，本身即有高難度。第二段使用的「穿隧」一
詞，用的是量子力學中量子穿隧效應（Quantum tunnelling effect），
本是指如電子等微觀粒子能夠穿入或穿越在古典力學裡不可能發生
的量子行為，此處用以指出詩中的我可縮微至量子化，「穿隧」至
遙遠的你的身邊。第三段以「電子流」指網路通訊快速，兩人要不
要「鍵結」主動權在你，若全無訊息則宛如置身真空，將缺氧而趨向
死亡，表現了自我委屈至極、求全而無悔的態度。如此的情詩寫法，
十足當下性，完全符合現今交友形式，新鮮、大膽、深具創意。
　　賴俊豪（峽鷗）則以散文詩形式寫情，可讀性甚高，別具特
色，比如〈傷心菸民之歌〉的前四段：

　　「我們失去太多，因此把歲月交給天空。」她說。以頹廢的
　　臥姿。

許多時候我不解她的語意，直指心頭又脫離世界。話音會先飄散在空氣裡，接著慢慢下墜。

「這城市已經沒有波西米亞了。在失去愛情的時代，我們再沒有四處流浪的理由了。」她模仿卡繆的側臉，除國籍和香水品牌以外所差無幾。
她總是流離之人。

我親吻乳房她的微塵揚起，飛入肺中。慎重地吸著她僅有的悲傷。我知道往後的日子裡，又更難再看見她了。

散文詩形式有別於分行詩，是更自由、可詩可散文可小說，是更浪漫自由的一種詩形（只可惜嘗試者少），與詩中強調的「波希米亞」一詞相呼應。此詞於詩中等同於愛情，象徵灑脫、自由、奔放、熱情，希望打破傳統的一種生活方式。但詩中兩人很像一夜情、或只有短暫性愛交往的男女。詩的第二段說明互解之不易，第四段「慎重地吸著她僅有的悲傷」，有無法了解悲傷以外的心靈狀態的哀淒感。此詩後面猶有三段，說：「我親吻她迷幻的唇」、「她雙眼瞟向明天」、「菸絲裊裊，溢出凌晨四點的夜紫色天窗」，人的離去如同菸的消散般，無法捉摸。將情的失落、男女互動之不易，表現得甚為道地。

而詩選中對於年輕歲月依然有很多生活的感思和哲意的體悟，如下舉四例：

拉張凳子看夕陽

靜靜含著

不會生根

也不被嚥下

（〈早夭的戀人日記〉／王士堅）

狂放的回憶呼嘯而過

不屑多做停留。被召回的事物

總是以另一種方式現身

（〈索居〉／聶豪）

站在生命邊界，呼吸稀薄的風景

秒針晃動間，光陰縫隙

曾瞥見永恆開啟，而後合起

（〈晚期風格四種〉／汪曉薔）

天秤開始了傾斜

所有人認為對的一邊

那邊好冷，連凍傷

都發炎成某種擴散的感傷

結一顆冰晶的淚

會被正義的眾人打碎

（〈一邊〉／蕭宇翔）

　　上述詩段均具奇思逸想：夕陽可以靜靜含著，秒針晃動間能瞥見永恆開啟，回憶呼嘯而過把事物召回、會再以另一種方式現身，

所有人認為對的那邊其實好冷，連淚凍得結晶也會被自以為正義的眾人打碎。文字無不清新可讀，具強烈的自省能量。

更難得的是，有不少詩作是關心除了自身以外的人事物，尤其是對弱勢族群處境危殆的同理心，展現了年輕人對政經社會環境的焦慮和關懷度。比如梁評貴的〈他在哪裡〉一詩的兩小段落：

　　樹木的長髮　被推土機一併切齊飛去
　　土黃色的冰淇淋
　　變成一球融化的泥泉
　　夏天的舌頭
　　舔走了三、四個的部落

　　他本來不會在這裡的
　　小心地把呼吸伏在林間　獵槍瞄向山羌
　　「莫那，好的獵人懂得等待。」
　　扣下扳機　槍口餘煙響起
　　動土大典的聲音

此詩重複了五次「他本來不會在這裡的」，他所在之處均非他該在之處。他，是原住民的代稱，土地已被破壞殆盡，能用之地均遭侵占，如上舉二段，土石流舔走一個個部落，連要打個獵，都會響起漢人蓋房子時「動土大典的聲音」，幽默兼諷刺，是極佳的關懷弱勢族群的作品。

其他性質相近的作品如下列數首，舉其片段為例：

怪手敲碎一夜的流星
爺爺曾經指著比劃訴說的星空
老祖母哼著民謠小調
撫觸過的屋舍在靜坐後被撕扯
嗅聞市場的吆喝
索求蒸發無幾的蒼老腥味

　　　　　（〈失──記2016高雄果菜市場〉／范容瑛）

他們將大麥和稻穗煉成
金銀島，將農舍進階為
歐式莊園，夢幻的足以鎖國
自治，以排泄水做經濟
外交，灌溉虛擬的
開心農場，不須赤日與
汗水

我們被迫挨餓，尋一個未被研磨
成仙丹的殼，在M型的底部
生根，循著浮洲合宜住宅的裂縫
緩緩避開外漏的陰謀

　　　　　　　（〈糧食自給率〉／洪冠諭）

這世界注定運轉的規則
滿佈悖德的槍管與失序的人心
親愛的Omran，請原諒我的怯懦無能

無從拭去你乾涸的臉孔上的灰撲，無從

將我內心的文明泉湧澆潤你無色的裂膚

親愛的Omran，世界的表層看似靜物如昔

卻仍有無數空洞的貪婪與仇恨

若我是你所思服寢寐的耶路撒冷

請讓我以病愛與救贖之名

以愛之名，為你褪盡傷痕

且用沒有戰火的回答擁你入懷

（〈生之靜物〉／蔡宗家）

死去的礁岩矗立水邊

除了留下戰地的照片

手機只是能刻字的墓碑

昨日在後，明日在前

我們卻僅有今日

懸於夕陽般的無形之線

海鳥眸中無名的邊界

（〈難民〉／施傑原）

　　四首中兩首寫本島，兩首筆端伸向海外，從不忍之心看待這世界，正是「用最精煉的筆，去觸及同一時代人的心」，這些詩觸及的關懷層面不正是令人愀心的景象？因此當寫詩人說：「詩便是我最柔韌的心」（曾偉軒）、「對自己的期許是能找出關於這個世界最溫柔的一面」（林淵智）、「凡能走心的作品，其作者所抒寫的必定是無限焦慮與悲傷驅使下的產物」（蔡宗家）、「更能勇於面

對世界的粗礪」（方斐／黃婧萱），當不只是自家身心靈狀態或親情友情愛情而已，既然吾人不能自外於世界，則豈能背對而不勇於面對，以柔韌對抗粗礪，世界粗礪時我柔韌，

時時或偶爾將之置於筆端挫之踹之批之諷之嘆之哀之？

此外，在這本詩選中，個人主觀喜歡的作品至少還有：聶豪〈博弈〉、王士堅〈早夭的戀人日記〉、林海峰〈謝謝妳，終於毀掉我〉、林秀婷〈那湖的湖心沒有波紋〉、陳又慈〈練習相愛〉、曾偉軒〈恍〉、汪曉薔〈晚期風格四種〉、鄭哲宇〈出走〉、張雅薇〈X的一生〉、林澄〈我所知道的愛並沒有那麼豐盛〉、楊文琪〈愛與哀愁同等獨裁〉、洪國恩〈只對你說〉、郭逸軒〈明顯已讀〉、林淵智〈深夜未眠〉、呂道詠〈放棄行走〉、邱學甫〈失眠〉〈夏天的盡頭是海〉、葉相君〈斯德哥爾摩症候群〉、曾貴麟〈貝阿提絲，我中途過的那隻橙貓〉、賴俊豪〈欠妳一封情書〉〈唯讀信件〉、陳日場〈我不要升級win10〉……等等，或全詩或某個片段、或某幾句，當能觸動你的感受和想像時，這首詩便值得珍惜了，或可提供愛詩人參酌。

一本詩社詩選的出版豈是易事？風球以「自由時代」標稱此選集，說明了臺灣是處在言論自由、行動自由的年代，在詩的書寫領域裡是絕對的百無禁忌，網路及行動裝置使十年來的風球衣裾飄飄，如遊走各地的一群後現代少男少女俠客們，在手機上網路裡風中林中校園中詩壇上縱跳自如，也將詩的跨領域能力發揮至極限，這本詩選不過是他／她們偶然興起留下的一本遊俠手冊而已。若繼續發展下去，當這些網路遊俠向更熟成的青壯年邁進時，當今詩壇的眾將官們、守城人等，可都要當心了！

2018

棲在詩上的蝴蝶
——序尹玲詩集《一隻白鴿飛過》

　　飄離故土的蝴蝶，無所棲止，最後不得不棲止在詩上

　　詩人有兩種極端，一種天真爛漫、孤絕自芳，偶立窗口與世界說個哈囉，卻不欲與之深度交往；一種冒險犯難、波折起伏，非歷經人世滄桑，否則不得安歇，不管是出於自願或為環境所迫。筆者曾將前者名之為火山型詩人，後者名之為河流型詩人。火山型者，外表寧靜，內心激湧澎湃，不噴泉湧漿也會出以有感地震，依其掌控自我的情況，又有優雅的睡火山、激越的活火山之分。河流型則依其行徑地區和流域寬廣，又有激流型、小溪型、大河型的差別。以上均可按詩人風格和處理的題材而定，有的終其一生固定或趨向於某一型，有的則隨其際遇會有轉向。詩的高下、優劣，與屬於何種類型並無直接關連，還得依個人的秉賦、技藝、和努力而定。

　　尹玲一生的波折應屬於前述的河流型，雖然她的內心明明是火山型的。此種矛盾造成的糾葛，使得她的詩作迥異於其他詩人。當她說：

　　一千隻伸展的翅

何如一雙棲止的鞋

——〈昨夜有霧〉

　　她說的是被迫漂泊的悲哀，她的渴望其實是永遠的「和平島」（見〈遙望和平島〉一詩）。當她說「當夜綻放如花」（第一本詩集名），她真正說的是「當淚綻放如花」、「當血綻放如花」。

　　在臺灣中年以下的人當然很難想像做一個越南出生的華僑（後來回越南則成「越僑」），生逢戰世，親友亡故，浪跡天涯，留學臺灣、法國苦讀十五載，獲得雙博士學位的女詩人內在的淒苦。當然更難體會「沙場是我們的疆土」「美國是我們的主，法國是我們的神」，能操粵語、越語、法語、美語、英語、國語所代表無所歸屬、不知該尊奉哪一尊神祇的飄盪和茫然。如果讀者觀賞過「現代啟示錄」、「越戰獵鹿人」等電影，看到那種現代科技硬生生切入叢林草莽產生的不協調，聽到機關槍夾熱門音樂與土著舞蹈齊奏的搞笑交響曲，或許對尹玲自出生所體驗到的存在之荒謬，也能略窺一二。比如她寫：

　　　　請眾家砲彈炸開以後的種種訊息
　　　　請看不見的明天
　　　　咀嚼十八歲的憂鬱
　　　　懷擁八十歲的悲愁

——〈讀看不見的明天〉

　　「眾家砲彈」指的是不只一家。自己的土地，許多國家來「幫忙」，「他們偏愛血腥」，「我們」卻是「他們」殺伐的「殘

者」，以致於才十八歲就不得不先看到八十歲：

　　　也許只隔一夜
　　　可能會隔一生

　　　　　　　　　　　　　　　　——〈困〉

　　人生之荒涼，可說莫此為甚。她的處境原是一場夢魘，然而事過並未境遷，她年少急成的滿頭白髮不可能復黑，即使她戰後回鄉探望，希望借此痊癒，卻引來一場「蜈蚣的戰爭」——她在越南下榻處（四星級旅館）為蜈蚣所咬，回臺臥病半年。尹玲的際遇何其離奇。

　　河流型詩人關心的常不只一人一事、一情一景，對俗世介入較深，不時有強大的危機感，「世事波上舟，沿洄安得住」（韋應物）是他們心境最佳的寫照。尹玲詩作之所以能突破許多女詩人的格局，固然與她一連串的遭遇有關，重要的還在於她勇於開展視野，此開展是由死亡裡活過來的幡然醒悟，是對生命極度質疑後的強烈批判。「愛原是血的代名詞」（〈血仍未凝〉），她對世事的關切超出常人，是「見山又是山」之後的不得不然，她在第一本詩集的代表作〈髮翻飛如風中的芒草〉（已選入張默、蕭蕭編的《新詩三百首》一書中）一詩裡說的：

　　　……夜夜登臨
　　　二十世紀末的危樓
　　　曳著五千年的心事
　　　拍遍世上欄杆

好一個「拍遍世上欄杆」，她說的「欄杆」不是一時一地，而是足跡所踏、眼波所掃之處，比如她在該詩集的另一首傑作〈髮或時間是枚牙梳〉中所寫：

西貢的月忽忽作了臺北的風
巴黎流水拂綠北京嫩柳
伊斯坦堡的祈禱斜斜散入大馬士革
柏林睡穩的牆猶不忘敲醒他城的晨鐘

你瞧，西貢、臺北、巴黎、北京、伊斯坦堡、大馬士革、柏林、乃至「他城」，不是血統所繫，就是她苦學之地，要不即戰火、苦難的臨界點。尹玲的「負荷」何其重啊！但她卻不以為苦（如果你看過她前胸後背背著十來公斤背包在人群中穿梭如飛就知道了），只是適時地如火山迸發即可。這也是她為什麼會特別鍾愛徐志摩的詩作，更是她的詩語言會採用「急流奔放」寫法的原因。她是不得不，否則她會讓自己「憋死」。

如此當你再讀她第二本詩集中這樣令人「驚心」的句子就可知她的「愛與死」究竟是怎麼一回事了：

初始教你茫然　繼之迷惘
最後狠狠以一宇宙的痛
泥漿那樣澆灌你
然後硬按你頭　深入其中
呼吸不得

——〈橋〉首段

是誰把母親的明眸細語

換做碑上三行淒啞的字

還有父親的剛毅熱情

怎能只剩六尺石塊的冷

一生心血僅存半輪落日

——〈野草恣意長著〉第三段

〈橋〉引句，以「一宇宙的痛」、和「泥漿」那樣強烈令人無以喘氣的意象，直指胸臆鬱結，好不過癮啊。〈野草恣意長著〉引句，更是淒楚動人，「明眸細語」「剛毅熱情」是主觀情境，是熱的、柔的，「碑上三行淒啞的字」「六尺石碑的冷」是冷的、硬的，兩相較比，張力突顯，末句再以「心血」對「落日」，用不可掌握的大場景涵蓋可以掌握卻終失去的小場景，悲意貼切無比，讀之令人泫然。而此段也透露了作者的大疑惑：「是誰」？「怎能」？誰是始作俑者？

在第二本詩集中她終於有了比較清楚的答案，雖然她寫的是另一個國家的內戰，詩名〈一隻白鴿飛過〉：

永遠　是

一些不相干的人

在千里之外（比如巴黎）

高尚的某座宮裡（比如愛麗舍）

決定你的命運

你未來的生或死
簽下一紙他們稱之為
和約
的勞什子

你當然仍在你的土地上
冰雪覆蓋著
心僵凍
家中僅剩的孩子
昨天在一場不關他事的
某雙方衝突中
吃下一枚
剛好送到的
子彈

塞拉耶佛依然飄雪
含著一嘴冰血柱
那隻白鴿
袔
只不過恰巧
飛
過

　　詩中「塞拉耶佛」（Sarajevo），指的是波士尼亞──赫塞奇維
納共和國（Republic of Bosinia-Herzegovina）的首都，此共和國為原

南斯拉夫六共和國之一，其境內因有大批回教徒，塞爾維亞人（也是共和國之一，與蒙地哥尼羅共和國組成南斯拉夫聯邦）不願見其獨立，遂爆發數年的內戰，迄今尚未解決，許多數百年古蹟遭炮火炸毀、屠殺事件時有所聞，人民流離失所。而出面調停的大國們依然選在「和約之城」巴黎進行談判，戰爭與死亡卻不因此停下，倒楣的永遠是無辜的老百姓。「和約」背後常潛藏大國之間不為人知的角力、陰謀和政經利益，此詩第一段直接控訴；第二段則用婉轉的小場景交代落後國家人民的悲哀（其實與越戰無異），首句「當然」二字既指不能逃、不願逃、也何必逃，但下場必然悲慘的命運。

末段指「和約」是勞什子，「飄雪」依舊、「二嘴冰血柱」如故，而代表「和約」的白鴿不過恰巧飛過而已，對人民無濟於事。此詩控訴兼嘲諷，明寫他人、暗指自己心聲，中間一段採軟調，使整首詩的悲情更具說服力。自古戰爭皆肇始於野心家，「僅剩的孩子」「不關他事的衝突」，都代表命運的慘絕。此詩事件在時間上很近（近幾年），空間上很遠（在東歐），剛好與尹玲的夢魘——越戰已時遠但空近，成強烈對比，指桑罵槐，痛快淋漓，非常高明。

尹玲的詩真的是越寫越好了，越南終戰二十年後，她終於認真而勇敢地面對自我和外在世界了，這使得她的詩「勇氣」倍增，她大聲說話，把一切都澈底翻了幾翻，不論是透過或近或遠的事件加以嘲諷也好（如〈明天太陽依舊升起〉寫臺中衛爾康大火、〈圓〉寫中共導彈）、或透過回憶把戰爭狠狠控訴也罷（如〈北京一隻蝴蝶〉批評越共、美國，〈讀看不見的明天〉批評美、法、越），她的愛恨糾葛開始理出了較清晰的頭緒。她在第一本詩集中對給她養

分和天堂感的法國還「不知道要愛還是要恨／那百年殖民的錯綜糾
纏」（〈素描〉），到第二本詩集則說那已是「憂鬱地成為永遠的
過去」（〈曾經夏季開到最盛〉）。

　　她開始澄澈起來，她在〈夏季如此短暫〉一詩中說「夏季裹著
落日翻滾雲水之間」，末半則寫道：

　　　今夜又是誰家的小提琴在風中顫慄
　　　將生命拉成裊裊的鄉愁數縷

　　　你也終將隱去
　　　隱入冬天寒冷的黑暗
　　　傾聽千山之外萬水漸去漸遠
　　　注入某個名叫遺忘的大海

　　鄉愁數縷，伙同萬水漸去漸遠，「注入某個名叫遺忘的大
海」。遺忘看來是好的。她開始把注意力從綿長的激越當中，轉回
生活日常事物上來，她開始留意記美景、親情和愛情來，集中如寫
法國景色的〈暮色拱起的鐘聲〉、〈夏〉等詩，寫給女兒瑋瑋的
〈握〉、〈摘秋〉等幾首，以及〈昨日之河〉、〈你張口說話的當
兒〉等情詩，甚至把〈酒〉與女體相比的詩作，均甚有可觀。尤其
〈晨曲〉一詩更可看清尹玲的轉變和成熟：

　　　樹　想了整整一宿
　　　應該如何　如何才能
　　　讓夜褪去那件發黑的外衣

讓風沿著日的小徑
將晨光　輕輕攏上山頭

讓小溪終於看見
樹
正在它的心中

　　這首詩既無煙硝也無火氣，「樹」明寫景暗寫己，「夜」是那「發黑的外衣」，樹不必想，夜也會自動脫下，但「想」是自處、是化被動為主動；「小溪」既是實景也是時間之河，「樹」明明要看清自己，卻說要讓小溪看見，如此交相投射，虛實往返，不論語言、意象均極精緻高妙。
　　尹玲的心境很難說是不是已經超脫，但尤其詩作，多少可見出她較之從前，顯然要能不沾不粘、自由地往返於現在、過去與未來之間，少了一些激憤，添了許多智慧。她說「時間是一座墓地／有什麼不可埋葬」（〈鄉愁〉），她又說：

前人何在
來者何處
只有鐘樓
仍然掛在
暮色拱起的
五響鐘聲裡

——〈暮色拱起的鐘聲〉末段

這時她的心境應是清明、寧靜、無波也無痕的。而當她寫道：

　　所有的人終將離去

　　唯獨詩人飛越一切

　　留下絲絲涼風

　　吹向未來

　　可能開闊的天空

　　　　　　　　　　——〈就像你一直存在〉末段

看來，她已把後半生轉移到「詩」上了。

尹玲的一生飄蕩在越、港、臺、法等地，來來去去，地獄似的家、天堂樣的異鄉，一趟飛機便可將場景轉換，然而她永遠離開了出生的土地，不能再是河流，更像是飄離故土的蝴蝶，無所棲止，最後不得不棲止在詩上，是詩「命令」她把自己蛹化後的燦爛解放出來的吧。近年每當我主編的《臺灣詩學季刊》截稿時，總會發現尹玲投稿的詩作最多，有時一期十來首，讓我在編排和取捨上傷透腦筋，然而讀她的詩越來越有舒暢感，雖然她的作品偶爾也會不免直抒胸臆，但那是她的不得不，讀者不必擔心，終有一天她會更嚴謹地駕馭她的奔放和明快。而我也相信，她終會把一生的夢魘終止在詩上，並且就從那兒，再度展翅飛起。

　　　　　　　　　　　　　　　　　　　　　　　　　1997

漂霧和它的倒影
──序閒芷詩集《寂寞涮涮鍋》

　　她的歸零是全力以赴的，不如此不足以再生

　　這世界越來越向女性的世紀傾斜，女性原力的釋放，越來越有沛然莫之能禦的趨勢，尤其是有了網路和手機和臉書和line以後。不管身體移不移動，她們的心境與心情再也不必一定要靠近一隻耳朵，就可以很隨心地表白或記錄，可祕密地也可半公開地，且可在乎也可完全不在乎有沒有很多認識或不認識的前來按讚。

　　女性作者，包括女詩人的大量噴湧，現代科技的便利性居功厥偉。而也因網路社群的分布廣而散亂，除了常常出現在平面副刊詩刊或詩獎的女性寫詩人外，許多女詩人深居簡出、行事低調、不爭名利的作風，使得她們的作品難為多數讀者所熟知。閒芷便是其中一位。

　　但那又何妨？女性骨子裡或者說基因裡最深知：再風光的聲名、再燦爛的風雲、再美妙的青春無一不轉眼即逝。因此天生即不好爭、沒什麼好爭，這是男人永不明白的。以是，只有當「再也沒有什麼好爭的時刻」，她們才會「上場」，職場如老師、出版業，甚至總統這職位都有這種味道。詩人這行業也已來到「不再是黃昏裡掛起一盞燈」那種想要指引什麼的年代。詩已經來到不再與「千

秋萬世」掛鉤，而是回到更古老的民間的庶民的「思無邪」、「不知手之舞之足之蹈之」、情性可完全自我抒發的時代。詩與附加的社會功能、政經秩序再度又有了距離，也就是詩不再具有什麼社會目的，詩再次又進入了它的純粹性，更本真地出於「思無邪」而已，而女性比男性本來就離「無邪」更貼近一些。

以此來看閒芷的詩，或更能看出她詩中的情性。她在第一本詩集《千山飛渡》中說：

> 頑石翻滾了青春
> 終究停下，瞧瞧什麼是不變的
> ……
> 千鳥飛渡千山
> 一陣風有一座山在等待
> 一條荒徑有一棵樹在苦思
>
> （〈千山飛渡〉）

她說的是比俗塵世事更本真更純淨的一些什麼，一些人性中不變的追索和等待吧。像一筏在腳下不得不渡，青春在身體中不得不翻滾，雙翅在背不得不飛過千山，苦即修，思即索，不得不然，即無所怨不必恨了。這是閒芷的瞭然和以自然情景表達生命困境的方式。

因此當她在第一本詩集中說：

> 彈塗魚爬過暮色
> 痴痴尋覓彼岸的凝視

小白鷺踩著霞暈的璀璨
佇立成一幀寧靜

〈寂寞海角〉

　　她是充滿矛盾的，既「痴痴尋覓彼岸的凝視」，又自足地「佇立成一幀寧靜」，既企盼於彼又自持於此，既已彈塗魚，又想學小白鷺，像兩面人似地搞不定自身。這常是為情所擾的景況，她的第一本詩集不少均與此有關。知道如何脫困，卻還不太想脫困，有如進錯殼的〈寄居蟹〉，只能暫時爬行一段路再說：

若山巔隱隱藏不住悶雷
如此沉重的輕盈

　　說的是寄居蟹的殼若山壓身（沉重），其中難藏住不吐不快的「悶雷」，卻又不是不能扛行（輕盈），但畢竟是「寄居」錯了，因此

終究
還是要抉擇
卸下擁塞的心房
下一個溫暖
是螺旋紋路的淡然
還是被苔青染浸的愴然

　　卸下擁塞，離殼另覓，淡然處之或自此愴然老去，不能不有所

抉擇。而這常是青春需付出的代價，必得由青澀走向成熟，由執著走向釋然，詩成了她自省自解的記錄。

　　比起第一本詩集題旨較為集中在情思的困頓上，她的第二本詩集精彩多了。不但語言更自在跳脫，關懷層面較能觸及自我以外的更多事物，尤其是很多詩人都不知如何將之入題的眾多現代事物，閒芷似乎得心應手，隨心即能拿來為己所用，比如〈上網〉、〈電子寵物〉、〈蛤蜊雞湯〉、〈藥膳麵〉、〈麵包山〉、〈焦糖瑪奇朵〉、〈切換模式〉、〈寂寞涮涮鍋〉、〈愛上一隻病毒〉等等題目均有新穎性，後三首是其中最具創意的。比如輯一的〈切換模式〉：

> 忘了閱讀使用說明書
> 按鍵變得遲鈍，拍打有理
> 可是你的表情開始模糊
> 嘴角有摩擦的傷痕
> 太多相處模式來不及更新
>
> 外語模式自動輸出翻譯
> 陌生模式加熱，三分熟剛好
> 限制模式可以遮陽防曬
> 夜晚模式設定關機，除了星空
> 勿擾。哦，親愛的模式
> 好像積了許多灰塵，按鍵
> 變得有點僵硬，餵食咖啡的靈魂
> 重新喚醒。醒來或者陷入昏睡模式

我的手指因為遲疑而顫抖

　　使用過智慧型手機的人皆知有時手機會變得遲鈍，或因忘了更新程式，氣得只能拍打它想叫它聽話，甚至會使手機受傷或螢幕「表情」變得模糊，像快要當機或壞掉。這是第一段寫人對待手機的方式，未嘗不是詩末的「我」對待情人（第一段的「你」）的方式。因此第二段即寫自我反省，人與人相處也應如此，最好有點「陌生」或「限制」，或像跟外星人講話需要「外語」「翻譯」，彼此「三分熟剛好」，「可以遮陽防曬」（解一解寂寞）即行。最好晚上不要相處而「設定關機」，「除了星空」滿天的夜晚否則切記「勿擾」，但如此一來又易「積了許多灰塵，按鍵／變得有點僵硬」。這既指手機久不用再用則功能更搞不清，人與人亦然。勉強「喚醒」（餵食咖啡），仍易「陷入昏睡」，不知如何對待才好（手指因為遲疑而顫抖）。

　　詩中共用了七種「模式」，部分是自創的，比如「相處模式」、「陌生模式」、「親愛的模式」，有些是改了面貌的，如「昏睡模式」其實是「睡眠模式」，「夜晚模式」其實是「關機模式」。整首詩看似面對一支現代手機因功能太過繁複而互動困難、狀況頻傳，陷入自言自語的窘境。人與模式繁瑣的手機互動，跟他人相處比起來還算輕鬆，搞清楚即成，但人沒有使用說明書、也無法更新「相處模式」，其不陷入困頓更難，顯然以此諷彼，以之與沒有模式可言的人作一強烈對照。寫來歧義橫生，趣味漾然。

　　輯三的〈愛上一隻病毒〉一詩更新鮮，將電腦病毒擬人化，將青春人生螢幕化，寫得既後現代又具開創性：

門縫閃過的光影
在青春的讀寫頭旋轉著
閃電，閃亮病毒容貌

誤觸了相遇的執行鍵
螢幕閃爍著翻飛的畫面
每一頁都是千尋的癡念
複製，掃蕩，再擴散
比野草紮入泥土的意念更堅韌
病得如此燦爛而無解

把你的笑語譯寫成亂碼
心也亂了，日子
在跳動的頻率裡安住

這病毒帶著情花的劇毒
飛沫成空氣中最迅速的傳染途徑
也許黑夜的黑比墨池更深情吧
或者，呼吸著回憶
能暫緩毒發的劇烈效應
而獨處與人潮絕對標記防寫
防止寫了一半的祕密曝光
鎖在密碼裡的思念

保鮮日期不斷更新

斬不斷的連結如春草蔓延

理，不理。這隻病毒

無藥可醫

　　現代人皆知電腦一旦中毒，輕者運轉遲鈍，重者螢幕跳動、甚至開機不了，若是硬碟中毒，資料可能全毀，而這常只是誤觸某個「執行鍵」或什麼原因也搞不清。第一段的「讀寫頭」（Read Write Head）是電腦儲存資料的硬碟（Hard Disk or Fix Disk）中零件之一，讀寫頭為了能在硬碟的磁片表面高速來回移動讀取資料，需漂浮在磁片表面，不可直接接觸，漂浮過高則讀取訊號太弱，無法高容量讀或寫，因此需盡可能壓低，其飛行高度（Flying Height）僅約為 0.5 uin（微英寸），有人形容這有如一架大型747客機的飛行高度保持在1英寸之上，又不可墜毀，豈是容易。所以磁片表面上不能有任何異物、塵埃，讀寫頭若打傷磁面有可能造成硬碟資料永久性傷害，硬碟中毒太深亦然，有可能掃毒或送修都救援無效。此詩即形容情人像「一隻病毒」，首段以「門縫閃過的光影」方式出現，有如「讀寫頭旋轉著／閃電，閃亮病毒容貌」，與情人相逢即如中毒，從此大腦當機，使人昏沉。每見面一回都造成「千尋的癡念」，且病毒會自我「複製」，即使「掃蕩」還會「再擴散」、「滲入泥土」，從此「病得如此燦爛而無解」、「笑語譯寫成亂碼劇毒」。而見面時相談的「飛沫」是「最迅速的傳染途徑」，尤其是在「比墨池更深情」的「黑夜」。因此最好是不見面，「呼吸著回憶」才「能暫緩毒發的劇烈效應」，比如在「獨處與人潮」中，就可宛如「鎖在密碼裡」。通常電腦程式要順利運轉，常要上網更新，現在中了情人這隻病毒，竟然還不怕掃毒，也自動會「保鮮日

期不斷更新」，與我「連結如春草蔓延」，使我從此幾乎「無藥可醫」。

這種寫法，雖然誇張到不行，卻幾乎是將女性一頭栽入戀愛時的心理寫絕了。本來這就是一個心性自由，卻也是被許多流行事物不斷抓住的年代。新興事物使人很難將之完全置之不理，有限度地利用之而不為之所利用，成了每個人嶄新的功課。電腦或手機讓女性「宅在情裡」的兩性關係及彼此聯繫的自由度發揮到極致，唯可以將之寫成詩的人少之又少，閩芷此詩將不可能成詩的嶄新事物入詩，可說為自己也為古今情詩開創了新局。

輯二的〈寂寞涮涮鍋〉則寫現代人獨嘗或群聚吃喝涮涮鍋時的孤獨感：

　　包藏空虛的高麗菜
　　成了鯛魚片最後的家
　　青江菜是湯裡漂浮的綠地
　　偶爾，擠來爆漿魚丸癡癡傻笑
　　木耳是突來一片的烏雲
　　遮蓋陽光般鮮豔的蟹肉魚板
　　鍋內沸騰一如喧囂的城市

　　右手夾起水晶般的粉絲
　　試圖理清糾纏的思緒
　　卻滑落成一攤思念
　　慢慢冷卻，如心頭盤繞的蛇

左手投入不語的蛤蜊
想沾染鍋內的熱鬧氛圍
手指卻被濺起的湯汁驅趕
心事，成了灼熱的水泡

獨自咀嚼著旁桌傳來的笑語
飲下浸泡回憶的檸檬汁
慢慢，看一鍋思緒煮沸
玻璃窗外飄過寂寞的白雲
而我，是最靜的那一朵

　　詩中的高麗菜、鯛魚片、青江菜、魚丸、木耳、蟹肉魚板、粉絲、蛤蜊、檸檬汁均成了臨時演員，或「在鍋內沸騰一如喧囂的城市」，或「滑落成一攤思念」、或「浸泡」了「回憶」，有時燙了手、有時「獨自咀嚼著旁桌傳來的笑語」。最後將自身抽離那「寂寞涮涮鍋」，才發現自己只是窗外飄過「最靜的那一朵」「寂寞的白雲」。將現代人越擁擠越熱鬧就越孤寂的感受藉涮涮鍋的豐富食材做對映，寫得極為傳神而獨特。

　　然則人的孤寂不是沒有原因，〈漂霧〉一詩即藉著海上霧中行船寫人無所倚靠時的迷航感有若「失溫的浮標」，只能憑音聲辨識周遭：

我在霧裡丈量光陰
企盼航程濃縮成一只瓶子
流竄在體內的昏沉鎖進夢中

挖掘海的深度，或者

撕開夢的薄膜，或者

敲開光的顏色，或者

傾斜自以為的平衡點

我在沒有煙花的霧裡想起你

（下略）

　　迷航感不是短暫的，有若鎖在瓶中，摸索漂蕩，此時「你」突然在回想中出現，宛如短暫的指引，這是人處在窮境時常有的現象。比如〈雲想〉一詩中說：

流浪到異鄉

連自己名字都忘掉

每一張陌生臉孔

迎面，都是你

　　這是無所歸依時仍會存在的「殘像」，其實正是「心已死」的展現。

　　闇芷經歷「漂霧」那種近乎迷航的過程後，已來到要脫離過去「殘像」的尾端，此集尾輯的〈倒影〉一詩表述了這樣的領會：

喧嘩的眾聲歸還給泡沫

還有什麼比倒影更真實

更真實不過，腐鼠
長長的尾巴仍在擺動
人們不再尖叫了，因為死亡
沉默，沉寂，沉淪

空虛的破酒瓶幻想著瓶中信
有誰，記得豔陽午後
白鷺鷥為何佇足
空中的光影為何消失
輕飄飄的暮色
冉冉遁入灰濛的雲層裡
厚重地關上，關上

　　此詩說「泡沫」取代了「喧嘩的眾聲」，「倒影」比什麼都
「真實」。而「更真實」的是「腐鼠長長的尾巴仍在擺動」，死亡
取代了一切。剩下的「破酒瓶」只剩「幻想」，連「豔陽」「白鷺
鷥」「光影」的消失也無從追究，「暮色」末了都遁入雲層而被
「厚重地關上」。

　　然則「漂霧」是迷濛的，視覺暫失，令人一時無所適從，有若
陷入昏沉，此時其他的感官才會甦醒過來，有如深潛海中或夢中，
憑藉轉換，到達死境才有重生之感。而「漂霧」的「倒影」豈不更
難辨認？闉芷說「不再尖叫了」的其實是自己而不是「人們」，
「因為死亡」而一層層進入「沉默，沉寂，沉淪」，如此所有的光
影皆不復被記憶，像被黑暗抹去。於是進入「漂霧」狀態或將一切
塵世「倒影」都是歸零的過程，都是澈底「切換」自身乃至銷毀過

往檔案的必要步驟，不如此不足以再生。

　　閑芷寫得好的詩就像身體之舟「漂霧」後的心得，或心情被喧擾後自我「倒影」的記錄，她的歸零是全力以赴的，都像是表演一次小小的死亡，因此厚度夠、可誦性高。她將現代科技事物及日常飲食大量入詩的展現更具新局面，延展性十足，可圈可點，再稍加把力，即可超越諸多前賢，讀者何妨拭目以待。

從霧中走出來的詩
——劉梅玉詩集《耶加雪菲的據點》序

迷離和瀰漫、無所不覆蓋又無所覆蓋的氣息成了她語言極大的特質

　　詩是心起霧後的產物。因為霧，原有清晰之事物進入模糊狀態，又非固定的，有時可見又多半看不清，有時霧薄，彷彿拉近了些，有時霧濃彷彿又被推得更遠。

　　心若不起霧，則為常常心境澄明寧靜者，不需有詩；若不時陷處昏天黑地之境者，也不易有詩。只有身在混沌不明、不時落入模糊曖昧之狀態，地在黑與白之界、時當黃昏或黎明過渡之際，最易發明詩。

　　在臺灣周遭，真正有霧鎖島，可長達一整個季節的，大概只有金門和馬祖了，加上其邊界的身分、曾長期地處戰地任務、駐軍非十萬即五萬、曾面臨險境乃至危境的往昔歲月，使得它的霧非單指地理和氣象，內心的霧區更是遍在每個金馬居民，他們心中始終被安置著不可跨越和揮散的霧區、勿區、和誤區，像不易拔除的雷區和軌砦。那種壓在出生於當地居民心中的創傷印記，成了他們與生俱來的基因的一部分，歲月走得再遠，厚霧仍時隱時現。

　　因此對馬祖人和金門人都一樣，他們心中起的霧，不是一年的某一季，而是整整一生，連作夢都如被鎖在或濃或薄的霧中，成了

漂泊在邊境的或淡或黑的影子，對所謂的兩岸都有若離若即之感，像永遠著不了地、走不遠、又飄浮在空中隨時要被吹散的霧。因此，要他們不成為詩人或藝術家也難。

劉梅玉是近年金門馬祖兩島上少見的、表現極突出的女詩人。出生於雷達四佈、邊境之邊境的東引，在南竿長居，長年與霧為伍，深悟詩是從霧中走出來的。因此當她說：「用起霧的心境來創作，表現明白與未明白之間的話語與圓像，那些確實存在的模糊，易被誤讀的生活表象，總是在清澈的那一刻，才會懂得──看不清也是一種看清」（《寫在霧裡》自序），她深悟不確定、不易看清本即情理事物真實的狀態，詩只是將日常語言自以為肯定確認的說詞還原成更符合實情的語境而已。「確實存在的模糊」、「看不清也是一種看清」說的不只是詩，而是一種認知和眼光。當她說：「霧的情境與暗喻的文句緊密連結著，轉化成島嶼作品的獨有氣息」時，她看清了詩的若即若離、非此非彼、是此又彼的獨特本質。一種迷離和瀰漫、無所不覆蓋又無所覆蓋的氣息成了她語言極大的特質，她是從霧中走出來又隨時可消失在霧中的詩人。

跟其他地區不一樣，馬祖這座島嶼產生的詩人或藝術家，是更接近哲人的，至少在劉梅玉的詩中我們看到她對生命不確定感的探索，是與這座島的景致和命運緊密連接。由於霧在景物間恍惚移動，使原有的完整成為模糊、不連續，此時究竟完整是真實或不完整才是真實？是瞬間之美，還是一成不變才真實？成了可不斷探究的課題，而且自第一本詩集《向島嶼靠近》就開始了，如〈不連續〉一詩的片段：

完整是一種神聖儀式

必須把盲目穿上
……

房子與屋瓦互相尋求
正確又**完整**的拼圖
對於完成
我們所知不多又無所不知
……

真實是包裹著糖衣的詭計
費盡心思
要打亂懷疑和不連續的**完整**

　　必須穿上「盲目」，才可把「完整」視為一種神聖儀式，意味「完整」根本不可能。正確又完整的拼圖既不存在，那麼對於「完成」我們就「所知不多又無所不知」，指沒有真正的完成可言是顯而易明之理，何苦窮追、逼問其面貌？如此一來，「真實」就得「費盡心思」、「包裹著糖衣」，去打亂對「完整」仍存有幻覺之人，但又何其難也，因到末了「真實」會被視為破壞「完整」的詭計，「真」被視為「假」，「假」又被視為「真」，於是只得清者自清、濁者自濁了。

　　這首詩可視為劉梅玉的生命觀、世界觀，也是她後來所有詩作的底色或基調。她探問的不是風景、房子、屋瓦、人生景觀、乃至婚姻儀式的是否有完整的拼圖、被完成的可能等等。她探問的不連續並非景致，而是世上一切事物的更根本的荒謬和被人為乃至大自然操弄錯置的表象常常擺佈我們一生，那是非常後現代、是非本質、無本質的，而我們的一生和歲月便被「異化」地漂浮其上、無

以抵抗，被浪費其上。想想馬祖戒嚴中虛假的繁榮、解嚴後還原的荒涼，其子民這一甲子前後命運的變化、起落和角色的無奈，軍事據點搖身一變成為可以喝咖啡和住宿的休閒場所，悲劇荒謬如遊戲，卻轉瞬間即成眼前的事實了。如她所說的「時間的遠方充滿未知與不確定，好像一切滋養都是被武裝的，我們向著不可逆的時光走去，但心中充滿了疑義」，如露如電、如夢幻泡影的無常感，使詩人不能不成為哲人。

彼得・杜拉克（Peter F. Drucker）早在1968年就以管理學的角度寫下《不連續的時代》（The Age of Discontinuity），預言了後來的世界與過去並無一定的連結性，是屬於一不連續、斷裂的時代，等於提前預測並解構了諸多政經環境知識乃至個人命運的跳動是不可知、不確定、乃至不可能完整的。劉梅玉在詩中以自己馬祖人的命運及個人生命史對不完整、不連續的真相有著不捨的追問，從上引第一本《向島嶼靠近》、問到第二本《寫在霧裡》、再問到第三本詩集（即本書），比如：

> 我們投射太多的真誠
> 對虛假的存在
> 剩下的多情
> 藏入不**完整**的胸懷
>
> 易於腐敗的書寫
> 深刻地
> 寫進世界的知覺
>
> ——〈水泥色書寫〉（《寫在霧裡》）

其實，我們都擁有一些
完整的模糊
在回憶的根部

蒙上塵埃的場景
逐漸地灰暗
然後變成深淵
無法擦拭

——〈霧記〉（《寫在霧裡》）

他們走成忙碌的字句
在水泥及鋼筋的日記本裡
倉促的姿勢無法寫好**完整**的自己
只留下局部、片斷的城市

——〈一頁捷運〉

看著鏡中的面容
一片片
從信任的枝幹
凋落

每次醒來，她都試圖尋找
一面**完整**安全的鏡子
治療裂掉的自己

——〈裂掉〉

上述詩節中凡她提到的「完整」都是不完整、或無法完整的、或費盡心思也完整不了的，即使看似完整也是模糊的。如此，也才有餘地，讓詩進來填補或在此與彼間進進出出，把不完整的模糊化使看似完整，把不連續的曖昧化使暫似連續，即使只是瞬時的。

　　詩是語言的若即若離，是將沾粘相連毫無詩意的日常語言拆解分離，使產生不連續，又使不連續之間有若干的相關，像站在碉堡或據點互相瞭望守候，則即使不連續也有了隱約的連續感。「即」是連續，「離」是不連續，因此詩也可說是語言的若連續若不連續、乃至語言的若完整若不完整狀態。

　　而馬祖至少還有200多個大大小小的軍事據點」，光南竿島共有95個據點分布，一度曾在島嶼邊緣構成鋼鐵防線，後由於戰爭型態改變，實施精兵政策，據點一一荒廢，眾多碉堡坑道成為廢墟，其後若干廢墟活化成功，成為咖啡館、書店、民宿。如此特異的島嶼，擁有諸多相隔甚遠、看似不連續的據點，在如今其前後面貌的變異、可供參觀、流連、悼念的景象，連結了昔今不同型態的歲月，也讓馬祖人終有機會走入痛和荒涼中躑躅，深入踩踏其中，揭開孤寂的神祕面紗，往昔根本無法想像、連續的時空（據點是禁區）終有了連續的機會，卻又有著空蕩蕩的無法真正連續的荒謬感。這座島的獨特性和詭異性於焉突顯，這也成了劉梅玉書寫的寶庫，也是本詩集能出入其中，「大寫」馬祖的重點和特殊性。

　　在過往，島上任一據點與據點間，對小老百姓而言，面對的都是過去此一不連續與彼另一不連續，今日卻因時空的變異和荒誕，斷裂的時空看似有了相連的暫態和美感，因而暫時圓滿了觀者面向人生無常的場景不免噓唏感嘆，因而有了心理距離上的美感、精神上了然了什麼的完成感，雖然仍有什麼隱藏著，未被全然揭開。劉

梅玉在此詩集中以島民被鑴刻的痛，書寫出入其中生命的不連續和無法完整感，可說深得其內在意味，每一滴思考都是歷經重壓後迂迴百轉而出的，是石壁中滴出來的汗和血。如下舉詩例摘錄的段落：

> 許多的故事，戍守在這裡
> 守著砲臺向遙遠的夢裡射擊
> 期待戰勝一場謬誤
> 而時間，將會重新整理
> 更多茫茫然的據點
>
> ——〈據點〉

> 在廣大險惡的溼地
> 耗盡所剩無多的力氣
> 才得以安頓
> 心中那些瘦弱的永恆
>
> ——〈耶加雪菲的據點〉

> 藍海圍繞著一張張書頁
> 遼闊我們的文字
> 思緒輕易讀懂遠方
> 挖掘的夢與現實同樣虛無
> ………
> 四方曠野都是易燃的詩
> 擦亮世界

再深深的熄滅

——〈坑道書店〉

　　「戰勝」的不過是「一場謬誤」，「據點」仍在，卻是「茫茫
然」不知因何為何而存在。在險惡之境「耗盡所剩無多的力氣」，
能安頓的不過是微渺的「瘦弱的永恆」。而剩下的可能只有詩的文
字和感受可以「遼闊我們」、「讀懂遠方」、「擦亮世界」，即使
「再深深的熄滅」又有何妨？思索和創作成了詩人自我短暫救贖之
道。又比如下舉段落：

被禁止過天空

不再飄著武裝的雲

有人詢問故事的去處

現場無人應答

——〈八六據點〉

有些過客來這裡收集島嶼

外帶這裡的海水與天空

來填補那些

失去純粹的日常

——〈在五五，一座海的日常〉

堅持的瞭望臺

站在故鄉的背上

還有一些稀薄的對抗

在碉堡的老骨頭裡

黃昏附著白塔
說了幾句金黃色的話

——〈回鄉〉

時間仍然據守在島上
昨日已經撤離
留下許多戰爭的病
慢慢潛伏成今日的風景

——〈06據點〉

　　天空「不再飄著武裝的雲」，之後連「故事」也不知去處，
說的是昔今強烈之對照，令人唏噓所為何事。雖然「還有一些稀薄
的對抗／在碉堡的老骨頭裡」，但畢竟時代不同了，黃昏便來「附
著白塔」「說了幾句金黃色的話」，或謂時過境遷，何苦不賞短暫
美景？雖然戰爭恐共症已經撤離，但仍留下不少「戰爭的病」，衍
變成今日所見景觀。劉梅玉這些詩句形象鮮明，畫面凹凸，意象豐
富，甚是精彩。詩的內面也是對現實的抵抗、反諷，乃至帶著強烈
的批判性的，同時也是對自我的反思和重新定位，並對命運之無常
予以嘲弄和反擊。

　　由於我們無法確知自己活在什麼樣的世界，有人覺得幸運極了
（辛波絲卡）、有人茫然無覺，有人恐慌終日。劉梅玉似乎都不在
其中，她了然現實世界存有缺憾，塵世無完美可尋，但似乎也未覺
值得眷戀。她活著是為記錄這一生和荒誕的現實的。她敏於觀察，

所遇莫不能自其中汲取智慧，又擅長以簡易而富形象的語言傳遞深思後的領悟。她是馬祖從霧中走出的謎一樣的詩人，她的詩是可沾我們眉尖、眼睫、髮茨、肩上的露珠，如果低身細看，由珠面上可映照我們自身、和周遭不連續、但在珠中卻似乎能暫得連續和完整的世界。

2018

燦爛濾過性孤獨症候群
——怎樣閱讀許水富《多邊形體溫》

金門子弟才能如實體驗砲光、淚光、和星光中開花的「燦爛」

　　「不按牌理出牌」具有要命的宇宙性，可以言語表達時，它們被視為酒神迷醉時瘋言瘋語似的癲狂症，說的是創意十足的詩語言；當它們無法言語口吐白沫抽搐不已時則像令旁人驚嚇的癲癇症一樣，離毀滅或死亡就很近。不論自然、社會、或個人，此類似現象三不五時總要發作一次。大至彗星撞地球，小至個人談戀愛均是，前者叫「星癲」，後者叫「情癲」。如果是黨與黨相爭、國與國互伐、宗教與宗教因信仰而發生大戰，大概就叫「政癲」、「戰癲」或「教癲」。

　　這現象如果發生在詩人中，自然就可叫「詩癲」了。

　　在我寫詩的同齡群中，偏離正常詩常軌最遠的有兩位，杜十三是發癲得較早的，許水富是近十年才認識的。杜氏從來不正正經經出一本詩集，總把戲劇、影音、繪畫、造形、不同文體交雜其中，每回出版、由內至外就是一次完整的、嶄新的演出，不如此則不過癮。許水富則若不把書法、繪畫、設計、攝影、文字混同，以整體作品的出版當作一場戲、一首長詩、一幅卷軸的字、或畫，不如是，則寧願罷演，久久不欲示人。這種混雜眾有、交媾媒材形式，

將形式與內容不予分別的「癲狂」人，當然非杜、許二氏才有，跨媒材人自然所在多有，但皆未若二氏對平面媒材在出版時這麼地頑強、「固著」，幾不可商量。

　　若是在其他時代，此種將正常形式破壞重組的「癲狂」行為有可能被視為一種過度執著的疾病，今日看來卻可被視為邀得天寵的一群，他們顯然具有天真極了的眼光，能見人所不能窺，言人所不能語，或如傅柯（Michael Foucault, 1926-1984）所言，「其瘋言瘋語似充滿智慧」，也「比理性更接近快樂、真理」。許水富甚明其理，因此他才會說：

> 所有破壞和改變都是為了建一座紀念碑
> 像神話
> 但很靠近上帝的這邊

　　這本書就是這樣「像神話」「很靠近上帝這邊」的一座紀念碑。是把曾有過「燦爛」光芒之書法、設計、影像、詩的光耀予以篩選，經許水富有意無意的挑剔，「濾過性」地破壞和改變後，重組出的嶄新色澤和輝光。是染患許水富「把泡沫吹成很大的廣場」的那種「孤獨症候群」的人，才能建立起的紀念碑。因此可套用他自己說的話：「我喜歡燦爛濾過的孤獨」，沒錯，他就是一個有著嚴重的「燦爛濾過性孤獨症候群」的人。

　　那麼，「有燦爛濾過」和「沒燦爛濾過」的差別何在？「燦爛」二字只等同於繁華、風光、熱鬧、慶典？只和爆竹、煙火等與狂歡性、喜慶性的字詞相接近嗎？對許水富而言，顯然不是，在其更深沉的潛意識之中還隱藏著的，是一種「悲劇性的燦爛」，是與

早年戰爭經驗有關的「燦爛」，是砲火落在門前、屋瓦、柱子、親人身上的「燦爛」，是穿迷彩裝的士兵、裝甲、戰爭滿街流動的「燦爛」，是鄰居挖地瓜的手挖到地雷的「燦爛」，是童年不斷在砲光、淚光、和星光中開花的「燦爛」，這是純粹只屬於金門子弟才能如實體驗，被此「燦爛」一再地「過濾」還能僥倖活下來的，那種生存生活生命完全取決於「偶然」和「機率」的全然無可逃避和躲藏的孤獨、和印記。如此再讀一次他說的：

> 所有破壞和改變都是為了建一座紀念碑

就具有莫大的諷刺性與批判性了。就不只是這本書，而是他經歷的歷史、他被「燦爛」的破壞和改變「濾過」的絕然無可取代的孤獨。

此後所有五光十色的燦爛算什麼燦爛呢？如果它們無關乎生死和運命。

如此再看他的詩、和無盡勾勒或流瀉的構圖，就比較能理解他所說的話語：

> 「淚和湯一樣燙／我折疊的胃想多明白一些形而上」
>
> 「無常無處猶是一墳之勢」（〈九月那天我在我的家鄉〉）
>
> 「一生都是盡頭／百里之外。赫見／我是昨日之我」（〈月臺是私密靜泊的床〉）
>
> 「呼吸是模糊年代唯一供詞」（〈日記四則4〉）
>
> 「慾望和木魚之間是佛」（〈佛〉）
>
> 「故事總是一節節被挖空／從胸膛起伏的年少到山河歲月

末梢／不遮掩年華。便當。詩和暗戀」（〈告別是一種症
狀〉）

乃至於對他所書寫的「風雪」二字之悲壯感、背後星芒燈芒
雪芒幾不可分、和詩中所傳達的一份「被燦爛濾過」的心境當更有
體會：

我把風雪
掛在衣櫃
等著歲月
越過
黑夜
燃一盞　光
叫醒您的名字
一起沉溺情字
丟下的永別

此詩說的情當非兒女私情（當然如此看待也無妨），是「被燦
爛濾過」的情，是對「燦爛」帶來的無法「越過」的「黑夜」的沉
痛指摘，唯有本身「燃光」，即使「沉溺」其中亦出於自我選擇，
而非時代所強壓。

如此當也應較能認同許氏之所以溺沉腐敗淪陷於一切媒材的混
同中，其實是具有心理學意義的，他是對整個時代一切迫壓在金門
子弟身上的所有規律、形式、和「燦爛」，一次再一次的總體性反
叛。對一個曾孤獨地躲在死生兩端的砲光中長大的金門人，其他燦

爛或紀念碑的建材還需要區分什麼材質跟光澤嗎？

以是，一個人一生若未因什麼事而發生類似「被什麼燦爛濾過」的經驗或體會，那麼他的孤獨質素就必然單薄許多。

「燦爛濾過性孤獨症候群」成了許水富無可救藥的病症，和勳章。

刻在骨頭裡的詩
——《許水富截句》序

> 易脆的美與脆後的痛是等值的，他的詩就刻在那裡，
>
> 骨頭上，骨髓裡

　　許水富天生是個異類，不僅腦後長有反骨，腦袋中更是奇思怪想、鬼招頻頻。詭異的是，五十歲以前卻只出過二本與詩相隔甚遠的《廣告與經營》、《字魂書道——工商書法》，與他的專業與職場有關，顯然前半生均陷於生活的拼鬥與掙扎。

　　他的第一本詩集《叫醒私密痛覺》要遲到2001年才出版。而真正能展現他詩人與藝術家才華的，要晚到2007年由唐山出版社出版他厚厚的《多邊形體溫》一書，詩、書法、設計與創意並呈，充分將他個人才分十足的展示。此後十年間，陸續出了十餘本此類極具個人風格和形式的詩冊，也創造了個人詭譎獨特的詩風，令詩壇側目，誠可謂許氏的火山大爆發時期。

　　他的出生地金門，處於大陸版塊與臺灣島域的雙重邊緣，誠可謂邊緣之邊緣的蕞爾小島，前半世紀是戰地，之後是熱門觀光景點，集荒謬與痛苦於一處，誠二十世紀被戰火怒火燻焦的黑色幽默之最。他後來的書名會叫《島鄉蔓延》、《胖靈魂》、《噪音朗讀》、《中間和許多的旁邊》、《買賣》、《飢餓》、《寡人》、

《痛覺》等等充滿了憤青性格的名稱，都不是外在的壓擠，而是刻在骨頭裡屬於金門人才能深深感受到的怒和火和無奈。

如此當他受邀要出版這本截句集時，對他而言可說是輕而易舉的。當他說「左右眼是天涯／想見的人永遠忽前忽後」，他說的是金門人錯過的時機與多舛的命運。當他說「摟住病瘦年代的腰。高喊革命／在許多激昂輝煌的夜敲響幽沉的月光」、「昇華和浮華都在歷史的薄膜裡／惘惘小日子和大悲同鳴」，他說的是金門熱鬧與清寂的兩極歲月。當他說「頭一低。低過深淵裡的一部金剛經／有些人從繁華過後找到身旁的擁抱道場」，他說的是死與愛的內在感受，沒有人會比金門人體悟得更深刻。而他忽然說：

> 你一直想前進。想把頭伸往這國家的議題上
> 藉著粉墨登場的虛張和勇氣走出去
> 卻在每一步履位移往返高懸的虛幻跌落
> 這叢爾島嶼。妥協和擠壓一行一行澱漬在你臉容

他說的又不只是金門，而是那些可以對金門頤指氣使的高位者和不相關的人，永遠可以任意擺佈他們的命運。而他忽然又說：

> 輕輕撫痛。言語已結冰
> 你把身子縮回去
> 頭低下去。直到看到自己是亡者
> 然後用你泥濘一生立碑

「泥濘一生」是金門人的典型寫照，活過中年的金門人其實心

早就死了，活著的是身體，留下來是為往昔的歲月立碑，許水富的詩就是他立碑的方式。

然而許水富消極的「胖靈魂」卻永遠是飢餓的，他不能老是活在「愛情無法庇護的人／更多是把痛當成自己的紀念品」的狀態，雖然「那些骨質鬆散的無聲句／那些高過名利的血壓」不時困擾著他，有時他也「偶而立志想成為世界手足的一部分」，那就像看到「一隻蝴蝶餓了。被繡在花裙上／紅塵喧騰。是否有多餘的鼓盪曠野／允許振翅」興起的期望一般，他更期待的是：

> 你搭捷運去探訪李清照
> 每一站都是百年孤獨的召喚和過往
> 你順著心路棧道。停泊在杜甫草堂隔夜
> 仰首照見一掬李白乾杯後的月光

然而這樣的清悠感畢竟得來不易，有時卻更期待陷入一種情感的曖昧狀態，就更貼近底層的人性：

> 我想你是我手心呵護過的青瓷
> 有時是流言。有時是花布衫鬆脫的裁尺
> 滴成痛。但飽滿亮晃晃的美
> 像抒情花蜜。肉食性的入世

因為在那裡，易脆的青瓷與易脆的愛與易脆的美與脆後的痛均是等值的，他的詩就刻在那裡，在骨頭上，在骨髓裡。

對許水富而言，他的詩，以至他的截句，其實更彷彿是：

像一滴夢。游過枕邊江山

　　像一滴金門、一滴美、一滴痛、一滴淚游過枕邊江山。而他的
「枕頭」卻可以是任何事物的代稱，就像這本截句集從封面到內頁
獨特風格的設計般，只是‧一粒灰一粒黑竄出許氏大火山的一小塵
埃而已。微不足道，卻有無比的重量和穿透力。

用剪刀修飾上帝的不完美
——簡介陳秀月《我只負責——笑：剪貼詩101首》

　　她剪出的詩是混合了曠達、簡約、與樂於一笑置之的處世哲學

　　從來沒有人會想到一把剪刀、一張報紙可以剪貼出什麼創意吧？何況是將之拼貼出詩來？昨日譁眾之新聞，今日敝屣不如，明日卻可能被嵌入拼貼成詩，這是自有報章雜誌以來，無人想出的奇招。在一個人人怕被新聞和資訊所淹沒的時代，有人不願坐以待「淹」，卻能輕裝簡從，手眼並進，以即將回收化為紙漿的報紙雜誌標題剪貼出版詩集的，陳秀月絕對是第一人，一個住在花蓮的國中退休老師。

　　一九九七年她將第一本剪貼好的詩寄到出版社，由於想法太新、版本太特殊、而且還得印成彩色才有趣，無法被接受，後來就輾轉寄到了我手上。那時我還在主編《臺灣詩學季刊》，即在那年九月出版的第二十期詩刊上，一連登了她九首「剪貼詩」，可惜的是僅能以黑白版出現，損耗了來自不同版面和色澤深淺不同的趣味。雖然做為「剪貼詩」的首創發明人，但她可能很難為這項「發明」申請專利，卻絕對可以將這項發明發揚光大，讓許許多多被壓抑的、被自我信心擊倒的準詩人們吐一口詩的怨氣，在未來的歲月中寫出令自己都會訝異的詩作來。

所謂「剪貼詩」，即是將報章雜誌聳人聽聞的標題經過剪刀隨意（或有意）剪貼的手續，將之「還原」為較小的元素或單位，或一、二字、或三字、四字、乃至五至七字不等，將彼等過期即被視為無物的字詞還其「自由」，使之「漂浮」、令之有機會相互碰撞，於偶發的互動間，「冒煙」或「起火」，突現詩的火花或火焰。想那些標題就在數小時、最多一、二日之前，它們還伏案在編輯的寫字桌上、電腦鍵盤的飛奔間、和印刷紙張的滾動前，搔破多少人的頭皮，無不希冀一出世即能「一言以驚天下」，如此絞斷多少記者編者的驚世標題，輕鬆便宜丟棄、令成垃圾、或僅供雨天暫遮頭之用，有多可惜。陳秀月卻說要拿一把剪刀，藉它們「寫一首詩，試圖修飾上帝的不完美」。

　　因此當她在第五十五首（均以首數為題而不用篇名）說：

　　　那個故事
　　　誰是主謀？

　　　當上帝的指紋
　　　無法被解讀時

　　　我
　　　只負責
　　　笑

　　她正藉著「報屁股」剪貼出了典型臺灣小老百姓無奈的心聲，那是被「永遠搞不清楚的真相」愚弄後，只能故作輕鬆地自我調侃

一番。「上帝的指紋」是指掩蓋真相者、主謀者，常常也是掌握權位者。「我只負責笑」，是自嘲、自謔、尷尬、還是無所謂？作者未說，讀者卻都讀得懂那種「無語問蒼天」的笑法。

作為一位大半生背靠高山面向大海的花蓮人，她似乎較能自混亂的臺灣現實社會中（宛如那堆混雜的報刊雜誌標題）暫時抽身，以平和的語氣「解圍」自己的不滿，比如她在第二十五首只寫了三句，還分了三段：

吹皺一池春水

春風啊！

你為何無事？

這三句分三段，以示「春風」沒那麼容易「吹過去」，像攪亂了心也攪渾了世事，既說春也不說春，既批判了「得意春風」之人，也「同理心」了一大堆被排除「在春風」之外的人。

她的剪貼詩風，大概像花蓮在臺灣的地理位置，處在島嶼邊緣，似斷似粘的超然位置，也是易入易出的有利制高點，因此由她剪刀中讀得出她剪出的詩是混合了曠達、簡約、與樂於一笑置之的處世哲學，卻又不能不撿擇一條「自覺」之路，那是「春風」、「烏雲」、「上帝的手指頭」指揮不到的，她的詩似乎代表了臺灣部分女性對男性主宰的父權社會長期以來的混濁混亂烏煙瘴氣的一種下意識的反擊，因為「無聊的熱門話題／不停地出爐／沒有說出口的祕密／總是藏住」（第八首）的，總是男性主導居多。比如第

五十六首詩說的正是自幼這種女性情結：

　　一堆獸狀的烏雲
　　瘋狂地膨脹自己

　　星星啊
　　你不必膽怯

　　旅行的人
　　在路燈下

　　他知道
　　捉迷藏的遊戲
　　從童年就開始了

　　「獸狀的烏雲／瘋狂地膨脹自己」的很少是女性，而且還是
「一堆」，暗指男性主導的社會境況，「星星」有如自身，是被遮
掩的小卡司。前兩段藉天寫「你」不必懼卻，後兩段藉夜寫人生境
地如夜行所遇所見，難以盡明，詩中「旅行的人」及「他」與「星
星」命運相近，與烏雲相博、與路燈和黑夜和影子捉迷藏乃勢所必
然，順勢處之，以人生之旅視之，則自可安然渡過。
　　但卻不能不有堅持，她在第六十二首中說：

　　用微笑
　　埋藏

生命的荒謬

用一首曲子

遮掩

難纏的心律不整

眾目睽睽下

我的背影

是否

越來越重了

可是 我不想

讓我的背影

壓壞了

我們喜歡走的那一條路

　　用微笑「埋藏」荒謬、用曲子「遮掩」心律，說的是處世的不得不，如此「背影」就難如常般輕盈自如，但卻無論如何不能令這樣的背影「壓壞了／我們喜歡走的那一條路」，「那一條路」是什麼路？作者沒說，但那一定是多數臺灣女性始終不被男性眾目所染的樸素、純真和可愛。

　　她也必然不讓自身汲汲處在：「所有故事／的靈魂／在虛與實之間／在強韌與脆弱之間／在唯二與唯一之間／在完美與完蛋之間／翻　轉」（第七十二首），而是既不「唯二」也不「唯一」，而是從容於「之間」察觀兩極，只是自適而已、行旅而已、相遇而已。或如她的第十二首所說：

與麻雀相遇於清晨

橫過
空虛的橋樑
經過
憤怒的葡萄園
以玫瑰問候浮雲

與男男女女
與寂寞
擦肩而過

　　「以玫瑰問候浮雲」，則浮雲亦如玫瑰，二者旋生旋滅的本質之美無異。與麻雀招呼、感受橋的載和空、葡萄園的滿和頹、男男女女來來去去，所由所往，皆是因緣俱足而方得擦肩，如此「窺見」，無不是人生自然所致，不為完美所誘、不因完蛋所困，不偏1也不偏0。正是花蓮女子好山好水的最佳生命境遇和體悟。

　　陳秀月在「剪貼」歲月中試圖修飾上帝（也是報章雜誌的、日常生命）的不完美，如此正好也充分體現了劉勰所謂「分則胡越，合則肝膽」的創作妙諦，昨日標題是胡越，今日的剪貼詩則是肝膽。更因眾多斷簡殘辭暫時叢聚，而得以召喚過往無數乍現的靈光霞霧飄然匯來眼前，詩興正可為之大開，於此時當下無遇不能成詩，往往隨轉即自聚成一顆顆生命的露珠，有心為詩者盍興乎來？

詩的第五元素
——蕭蕭詩集《雲邊書》評介

　　擺起文字的棋陣時，收放自如，三兩步即見真章

　　詩是弔詭的，它的語言位置在「說」與「不說」之間，它的意圖在「表現出慾望」與「隱藏住慾望」的兩極中擺盪。也因此，詩人在使用他的文字時，很像在圍剿他時時想滿溢而出的情思。文字恰若擺佈陣勢用的石頭、樹林、陷阱、或兵馬，在與奔騰來去、行蹤詭異的情思對陣時，若能達到「旗鼓相當」、一副「臨陣待發」的姿態，他也就心滿意足了，並無意要將它們真的剿殺而亡；而且總會留個缺口，讓蒞陣參觀的讀者們可以借此目睹詩人的能耐。此種「既放又收」，「對陣而不厮殺」的行文手法，可說是詩藝術的極高境界。

　　中文系出身的蕭蕭，在古典文學的領域裡浸淫既久，自然深知詩歌幾千年的傳統中此種「以小博大」、「以短暫截取永恆」的驚人成效。事實上，蕭蕭是先知先覺，他是極少數在新詩創作中不斷地實踐「現代詩絕句」的先行者，只不過在過去的數十年歲月中，詩壇有此高見者寡，紛紛以創作長詩、難詩為能事者眾，以致於糟粕滿坑滿谷，令讀者難以呼吸，更不要說優游沉迷其中了。及至近年，由於資訊傳播媒介的日新月異，氾濫淹沒了眾多閱聽者的耳

目，尤其網路電腦的風行，諸多資訊文字猶如漂流的垃圾，沉浮於有限的螢幕框框上，望之生畏，方驚覺詩文字精緻性的可貴，它們恍如知識大海中的浮木或孤島，令人得以暫獲喘息休憩。近兩年公車詩、捷運詩的逐漸蔚為風尚，小詩運動的重獲認真考量，報紙詩獎的縮短徵詩行數……等等，都無非說明了詩在不同年代中生存的機運和身段或有不同，但到最後其必然與傳統的脈絡承接，則是無論如何也擺脫不了的命運。

如此我們也可以重新認知到蕭蕭的「價值」了。在早先的文學生涯中，由於他對散文創作和文學評論的專注和投入，使得他的「文名」掩蓋了「詩名」。他著作豐碩，三十多部作品中，散文即多達十三本，詩論九本，賞析四本，而詩集連同本書，則有五本（嚴格而言，是四本），相較同輩其他詩人的產量，並不算少。而其中多達一半以上的詩作竟皆是小詩的形式，若將他組詩系列的作品也視作小詩來看，則更高達三分之二至四分之三是屬於百字以內或十行以下的形式，環顧詩壇數十年來的諸多詩人結集，蕭蕭可說是異數。但形式的堅持，並不足以支撐所有內容的殊異或變化，蕭蕭深明其理，於是一題多寫，或多題寫一，便成了他欲罷不能時常採用的方便之法。難得的是，多數這樣的詩作依然各自圓融自如，比如上本詩集《緣無緣》中的〈洪荒峽〉第四首：

僅僅是
一隻
無顏彩的蜻蜓飛了
過去

整個溪谷裡的石頭

都振了振

翅膀

　　僅僅二十九個字的一首小詩，說的既不是事實，也不是超現實，而是生命力在詩人內心中引發的一種感動，此種感動對讀者有莫名的牽引力道，恍如讀者就是那冥頑不靈的石頭，因詩人無意中的指點或引渡，而竟神妙地振了振翅膀、或抖動了幾不笨重的身子。一如他其他諸多小詩，蕭蕭「說」的極少，「不說」的卻很多，他「說」的常只是自然的一小角落，「不說」的卻是大千的有情世界與無情事物相對映時驚人的「鏡子」功能。

　　比如他在本集中的兩首小詩〈風入松〉、〈風箏隨風飛〉，最足以說明他在這方面的功力，先看這一首：

〈風入松〉

風來四兩多

松葉隨風款擺、吟誦

風去三四秒

五六秒

松，還在詩韻中

動

　　〈風入松〉是這本詩集的開卷之作，短短二十八字，寫的是一細微而完美的境界，他所圈圍出的畫面處處可見，卻是人間最難

描摹的情境之一，蕭蕭抓住了，而且安排得巧妙無比。從風與松接觸的剎那，到風離松而去，松仍兀自晃動的過程，他用的是「延遲時間以放鬆空間」的表現手腕，將難以「計量」的風的行動，故意予以精確估量，使得讀者對不可捉摸的風突然有種可全盤掌握的快感。讀者像在估量短跑者的行動般，對不可見的風不但得知其腳步的輕重（第一句「四兩多」），還知其停留時所作所為（第二句），甚至對它離開後的影響力知之甚詳（三至六句）；經此過程，讀者不但與松一同「款擺、吟誦」，而且最後還沉浸「在詩韻中」之「動」的美感裡，不能自已。這首詩成功的關鍵有三處：

一是使用了「四兩多」「三四秒」「五六秒」等量詞：上述量詞如果去除，原意不變，詩味卻大失。「四兩多」使得風的無形存在轉換為觸覺的可捉摸感，同時也表現了它的輕盈和輕巧；三四秒讓無限的風的身姿成為有限範圍的可觀察的角色，「五六秒」則加強確認它的有限、以及對松運作其魅惑力的時間（風都走了，松還感動不已）。

二是斷句分行的成功：詩分六行，末兩句為跨行，因此基本上是五句，其中有四句是奇數，第二句是偶數，且最長，將風拘留在松中磋磨了一陣才放行，第六字之後加頓號，又多加一拍，感覺時間更長：末句的迴行是本詩分行最成功處，如果寫成下兩種形式：

①松，還在詩韻中動
②松還在詩韻中動

均不如原詩生動，主要是速度加快，「松」與「動」的畫面均隱而難現，可見得新詩中的分行的確是一門大學問。

三是音韻的和諧：詩僅二十八字，ㄥ韻卻用了八個，占全篇三分之一，風的聲形遂隨處可見，另外ㄞ韻四個、ㄢ韻兩個、ㄣ韻兩個，整首詩乃輕巧可誦，令人驚喜。

　　這首詩表面寫景，其實寫的是心境，「吟誦」、「詩韻」非僅是松在風中搖擺出的韻律感，也是詩人當下心靈的感動和領悟，松可以是我，風可以是任何事物，詩人因敏銳而受萬事萬物、乃至天下人之牽動，稍有觸發，則波濤洶湧，難以抑止。「三四秒」「五六秒」又何嘗不能是三年五年、甚至三十年五十年？蕭蕭「表現出」的很少，「隱藏住」的卻很多。「少即是多」是詩美學中最難得的特徵，只可惜詩壇有此體悟者仍屈指可數，蕭蕭這一首〈風入松〉表面看像是古典心境，但仔細瞧，卻是人類最普遍可得的經驗，難得的是他用的是現代語言，以讀「秒」方式「狀難摹之景如在眼前」，而能「不隔」，試問有幾本詩集有此本領？

　　底下再看他另一首四行詩：

　　〈風箏隨風飛〉

　　　逆著風跑的一根線
　　　因為有心事而挺直了自己

　　　翻飛著上
　　　翻飛著下

　　此詩更短，只有二十七字，大概是我見過寫「風箏」的詩作中最短的了，恐怕也是最「曖昧」的一首。筆者在《一首詩的誕生》

的〈尋意與尋字〉一章中曾列舉過六首寫風箏的詩，不是以風箏自比小孩，飛不出大人的天空，要不即以之代表張望鄉愁的眼睛、或將之比喻為兒女，與父母相牽掛……等等，從其中可發現：具象題材能予以「抽象化」，且抽象程度越高的越易成為好詩，即寫風箏能不停留在風箏上，而以之與情、思、人、事互繫，但又能若隱若現的，方不易落入言詮。蕭蕭此詩從字面上看，只像寫了放風箏的景象，第一段長句，彷彿把線放出，第二段短句，像是線的頂端風箏翻飛的動作，尤其第二段的八個字：「翻飛著上／翻飛著下」，可說將風箏本身反覆在空中上下翻飛的景致抓得準確精當，尤其將之並排，有宛若在浪中上下的奇特視覺效果。然而重要的還在首段隱含的情思，「逆著風跑的一根線／因為有心事而挺直了自己」，「一根線」並不會主動「逆著風跑」，也不會「有心事」或「挺直了自己」，此時拉風箏的人隱而不見，已與線合一，寫「一根線」即寫了人。此詩只讓風箏盡情演出，讀者的眼光始終集中在風箏上，風箏的動作間接傳達了人的動作和情思變化。風箏在詩中「因為有心事而挺直了自己」，讀者首先想到的仍是風箏的形象，線拉得越直、感覺越沉重，表示風箏放得越高越遠，其在高空上下翻飛的景況也越激烈，末兩句即強而有力地傳達了風箏在高處可能「掙扎」「激盪」、也可能是從容「悠遊」「飛翔」的兩極心境。

　　此詩或需細讀兩三遍，才會回頭思考作者可能「隱藏住的慾望」：風箏需「逆著風跑」才易「挺直自己」，很像人有時得讓自身處在逆境、或與社會規範相違逆的狀況下，才能展現潛能。其隱含的危機則是以「一根線」的有限能力故意選擇去對抗廣大無窮的「風」，以是不得不「心事」重重，不得不「挺直」自己，勇壯前進。此詩最重要的字眼應是「挺直」二字，它代表了作者潛在的意

圖、抗爭、和隱約的快樂。而如果將此詩解讀為情色詩，亦無不可，其中隱藏的「小說況味」就更為濃厚，其耐人尋味處則又是另外一番景象。可見得，一首好的小詩比起短詩、中型詩來說，以少為多，字字針血，不說的往往比說的多，更凝練、也更難經營，值得吾輩多予留心。

　　不論是〈風入松〉中的「松」，或〈風箏隨風飛〉的「風箏」和一根線」，蕭蕭都是企圖以有限的事物，傳達自身在無窮時空中的存有實境：這其間偶爾和諧，但多半可能困頓，而其消解之道，「散文的蕭蕭」顯然比「新詩的蕭蕭」如意多了，我們從他的散文集諸如《太陽神的女兒》等十餘本著作中可以窺知，他在多年的教學生涯中，由於自身情感豐富、深具教師魅力，極獲學生愛戴，從其中也獲極大的慰藉。然而作為內心隱藏的、潛在不為人知的蕭蕭而言，情思的奔馳、解放，似乎在「新詩的蕭蕭」中有後來居上之勢，從爾雅版《緣無緣》之後，他的語言大為活潑，思維縱躍自如，情感如春夏勃發的植物，令人目不暇給，以是他能在短短的兩年間連續出版兩本詩集，這其中隱含的「詩的生命原力」，值得深究。張默在《緣無緣》序中也舉過的〈緣無緣〉一詩為例，或可一窺端倪：

　　　一隻螞蟻一直
　　　輕輕叩著糖罐

　　　喂，喂
　　　不讓我追去
　　　你是醒不了的夢啊

喂，喂
不讓我追去
你是醒不了的夢啊

那樣的回聲一直
輕輕叩著糖罐

　　表面上看，糖罐是螞蟻的美夢，是有邊「緣」的圓形糖罐「不讓」「無緣」的螞蟻進去：然而二、三兩段重複的「你是醒不了的夢啊」說的卻是——螞蟻是糖罐的美夢，糖唯有被螞蟻吃了才能醒來，否則糖仍只是糖而已。末段說：「那樣的回聲一直／輕輕叩著糖罐」，糖罐由於螞蟻的輕叩和提醒，才恍悟自身存在的意義，「那樣的回聲」（糖罐的）便一直縈繞不去。或落實、或尋求、或去除「那樣的回聲」，也一直成了蕭蕭在這兩本詩集中一再觸及並試圖予以「消解」的主題。比如在本詩集輯二的一首詩，詩名很弔詭，叫做〈無緣緣〉：

〈無緣緣〉

摸觸你的臉頰、鼻端、緊抿的雙唇
我可以確定五六分
追入你的喉嚨裡張望
進入聽道、眼眶、左心室、右心房
循著動脈、微血管

直抵心肺、胃腸，及於膏肓

我能掌握你七八種

不同色彩的奇思異想

危危顫顫浮潛於你的卵巢、子宮

滲透毛細孔

顛覆欲望、智商

不准別人探看

我洗一洗自己的心

百分之百俯首承認

你是皇宮後院那一朵獨立的黃玫瑰

多少前世今生

我仍是那輪徒然的明月

在〈緣無緣〉一詩中，糖罐不讓螞蟻「進去」，到了〈無緣緣〉中，則已「摸觸」「進入」「循著」「直抵」「及於」「掌握」「浮潛」「滲透」，而且「不准別人探看」，寫的是「無緣之緣」，卻是相知相惜之緣。此詩語言運轉隨心，表面說的是悲劇，暗裡不說的是喜悅。由《緣無緣》一書的壓卷之作〈我心中那頭牛啊！〉甲乙兩篇即可窺出蕭蕭對自我身心安頓的迫切，以及他上天入地尋索的困苦過程。而從其餘篇章也不難察覺，潛意識中的他求的是「雙修」，如歡喜佛般進入一種由「至樂」到「至善」「至美」的境界，這也是蕭蕭在本詩集中一而再懇切地探討的。我們先看看他的夢想——〈不繫之舟〉（見《緣無緣》頁二十三）：

醒來，在蘆花白與水聲淙淙之間，秋日午後陽光慵懶，

雲也慵懶。沒有人出聲。

我一直在夢想著這樣的夢想

不知道什麼時候我們在水邊

不知道什麼情況我們在舟上

不知道什麼目地我們漂行

不知道什麼原因我們順流而下

不知道什麼緣故我們擱淺

不知道什麼煩愁我們躺下來看天

不知道什麼愛意我們低語輕輕

不知道什麼天氣我們微汗

不知道什麼心情我們靜靜闔上眼睛

不知道什麼夢境我們隨風而去

不知道什麼什麼

醒來,在蘆花白與水聲淙淙之間,秋日午後陽光慵懶,

雲也慵懶。沒有人出聲。

　　這真是個與世無爭的桃花源,看似避世,其實是一種安頓,在
紅塵中的安頓,一種忘我的境界,卻不是一個人的,而是「我們」
的。這種境界蕭蕭在男女情愛間找到過,而且無憂無懼,他在〈心
即心〉長達五十餘行的詩中(見《緣無緣》頁七十七)表現得淋漓
盡致,令人無限神往。他說在那種極致的感覺裡,兩個鼻孔呼吸的
是「三種魂,七種魄/四種綱維,八種道德」,而且「半個我在三
十三天外,半個我在七十二層地獄粉飛」,蕭蕭說的正是對現實世
界道德綱常的極大質疑。
　　在科幻電影「第五元素」中,職業為太空計程車司機的男主

角布魯斯威利，由於誤闖誤撞，在黑白兩道夾縫中求生，只為了尋求傳說中風、水、地、火四大元素（古希臘的說法）之外的第五元素，以避免地球為外星人所毀，結果在最後的一剎那，才發現第五元素不在天上不在地下，而在男女主角擁吻的瞬間爆發出無窮的威力，將來犯的星球摧毀。此部電影最具創意之處就在於它的命名，將整部電影的主題精確地掌握──再尖銳的武器都不如「愛情」的威力來得強大。然而值得注意的是，電影中「第五元素」的力量是在「風水地火」四大元素（代表所處時空）之襯映連結中才發揮其力道，否則無以獨立釋放能量，這正也是古今中外藝術文學一再顛覆、鑽探的主題，蕭蕭也一再向人類此種「醒不了的夢」敲叩，比如〈空的天空〉一詩：

　　可以不要花的色與香，畫的美與力

　　山珍海錯四書五經

　　可以不要天長地久人團圓

　　可以不要亞太經濟以我們為中心

　　世界小異不必大同

　　可以不要雨不要風

　　不必春夏秋冬

　　一根一根佛洛伊德

　　支撐我們的天空

　　說「可以不要」其實就是「不能不要」，但可以「短暫」「不要」或「要」，偶爾「要」或「不要」。「風水地火」或其範圍住的社會乃至規範短暫可以不要，然而可以帶領生命升至極致的「第

五元素」卻不能不要，但只能偶爾要。這真是生命與世界之間既矛盾又紊亂、既致命又具吸引力，始終難以釐清之處。

底下可以蕭蕭的主題詩之一〈草戒指〉作為說明：

因為吸取了露水所以長成纖維
因為植根土壤所以可以隨時發展意想

環你一莖草
其實也環你風，環你雨
薄月，粗茶
微雲，淡飯
無可避免你要遇到 我
生命中的風風雨雨，一起抵禦
環你一莖草
其實也環你終年或增或減的陽光
草的溫暖
何止溫暖心與心的疏離
何止溫暖一根無名指
愛的渴望
環你一莖草
其實也環你生命的韌度
張開毛細孔的纖維
呼應你的脈搏量數
凡常歲月裡多少高低音
多少萍聚萍散，花榮花枯

會呼吸的草
環你以全生命的風雨和陽光
知道草之脆弱的我
環你以全生命的謳歌與哀唱

　　這首詩節奏鏗鏘、意象豐富、對比極具張力。與年少或青年時期的熱燙之愛相較，詩中的壯年之愛似乎更具靈性之美。詩句裡的「露水」「土壤」「風風雨雨」「陽光」等字眼，就是「風水地火」四大元素（無生命的），蕭蕭說他的愛是要「吸收了露水」「植根土壤」「抵禦風雨」「環你終年或增或減的陽光」之後，再由其中長成一莖「草」（有生命的），做成「戒指」，雖不如金銀的持久（無生命，因此恆久），卻是「全生命的溫暖的」、「會呼吸的」、「脆弱的」，但也因此才有「韌度」、能「張開毛細孔的纖維，呼應你的脈搏量數」（不似金銀不具彈性），以小小的有生命之物（愛的象徵）環住更大的、值得為她謳歌與哀唱的生命（愛的對象）。這樣的一只「草戒指」（無法以金錢購得）豈不比真正的金銀戒指（到處可得）來得更為意義非凡、雖短暫但豈不具有永恆的、難以磨滅的價值？而這就是「第五元秦」的威力了。

　　對「散文的蕭蕭」我所知並不很多，但作為「詩人的蕭蕭」和「詩論的蕭蕭」，他是越來越精彩了。自從他放下學者的身段，寫起《現代詩遊戲》等書來，蕭蕭果然瀟灑、活潑得難以想像，來到《雲邊書》的蕭蕭，則可說情思奔放、想像力宛如打通了任督兩脈，擺起文字的棋陣時，收放自如，三兩步即見真章，雖然他「說」的不多，「不說」或「『小說』」的卻看得出有很多，他的

至情至性在集子中處處閃亮，語言充滿灼熱的光芒，他的詩是暖色調的、飽含讓人難以招架的生命原力，這也是新詩自二、三〇年代的徐志摩以後逐漸削減、乃至難以尋覓的詩的「熱力」——一種人人心中皆有、可以點燃爆發的「焓」（enthalpy），如今我們在蕭蕭的近作中又感染到了這種氣息。以是，這使得我們對他未來的詩將釋放的能量，不僅充滿期待，更有些「引頸企盼」呢。

詩的建築面積
——劉道一《碧娜花園》序

詩要成塔，建築面積不宜大，應簡潔成幾句乃至一句即動人心

　　新詩走到了當代，幾乎向兩個相反的方向行進，不管是此岸或彼岸，不是向「詞費」的方向，要不，即是向「詞省」的方向。於是有些人競寫長詩為樂，要不，動則五六十行、七八十行，甚至上百行，長句冗詞晦字冷譬，非如此不敢為詩，或謂不如此則難以逃脫影響的焦慮，諸多重要文學獎的詩獎也均有意無意鼓倡著這樣的趨勢。

　　反倒是，提倡詞省的俳句、微型詩、小詩、九行詩、八行詩、六行詩、五行詩、一行詩、十行詩、百字詩等的聲音只偶而出現，雖然有意與詞費的方向對抗，卻依然未獲重視或注目。

　　新詩走走停停一百年了，爭執難定的，似乎總是在寫什麼身上打轉，鐘擺似的非左即右、此一時若左彼一時即右，不是現實或超現實、即寫實或現代後現代，非民間即貴族、非平民寫作即知識份子寫作。但到最後，爭的似乎仍是語言問題，不論白或文或文白夾雜、方言或中文、口語或書面語、意象或無意象，不一而足，卻總未回到詩與簡潔或洗練或恰適的字數或行數的問題上來。表面上許多關於怎麼寫的問題，骨子裡仍然是對寫什麼的關心或質疑。

對身在北京的劉道一來說，這情況比臺灣更為複雜，基本上臺灣一甲子以來的新詩，發展得極為蓬勃，形式雖無定論或方向，傳承上較無問題。但大陸在1949至1976文革結束期間，新詩處境及發展相當困窘，因此改革開放後各種海內外的思潮蜂擁而入，70、80後出生者在成長中面對的各種影響就極為紛亂，加上地域廣大，接觸機緣就各憑本事，產生的新詩面貌個別差異性極大。

　　於是年輕繼踵者，當然就各憑因緣際會或觸及門派說法的先後順序，自尋出路或創建風格。對於80後出生的詩人如劉道一（1982- ）者，面對上述新詩這樣紛雜未定、多向多元的發展、不同年代或同一時代出現各自表述的現象，一定感到困擾而難以適從。因此他們在作品中難免多少呈現前行者的投影、陰影、刻痕、或紋身，也仍然要試圖各自發揮後續潛能，施展一己的看家本領。

　　而劉道一從十一、二歲就開始觸及中西哲學、現代文學等層面的閱讀，「當時家裡完全不給買漫畫書，最後只好看哲學史當課外書」，這種閱讀的開端，甚是奇特又早熟，具有相當知性思考的能力，加上他對音樂、繪畫、電影等中西方藝術接觸也多，展現了多方面的興趣和才能。而在新詩創作上則顯然接觸相當廣泛，先後受到顧城、于堅、北島、紀弦、瘂弦、洛夫……等兩岸詩人多方向的影響，企圖透過語言的再融合再鑄造、形式的自我規約和限制，在有限的行數和字數中，盡情呈現最豐美的詩情內容。

　　比如1995年他才十三歲就發表的〈今夜的孤獨——現代派繪畫觀後〉一詩，表面上分成七段，每段四行，以二、三段為例：

　　　　奧菲莉婭在荊棘林歌唱，
　　　　柔柔輕輕卻刺痛了黑暗。

煙花璀璨伴隨無聲吶喊，
莎樂美已睜開她的雙眼。

今夜的孤獨，
笛卡兒的夢魘。
今夜的孤獨，
鱗爪下的寓言。

　　此詩一、三、五、七段形式同，二、四、六段亦同，整體不
僅形式簡潔還押了韻，卻只有二百三十餘字，使用了一堆戲劇、
繪畫、聖經、哲學中的人名和典故，包括「奧菲莉婭」、「莎樂
美」、「笛卡兒」、「雅各」、「修拉」、「施洗者約翰」等，展
現了劉道一早慧、熟讀經典、著迷於形式、但也深受西方影響的痕
跡。此詩奇怪的是明明副標題是「現代派繪畫觀後」，但詩中卻以
多種古代典故中人物的生命質疑和抗爭，比如「奧菲莉婭」是莎士
比亞戲劇《哈姆雷特》中的悲劇人物，她的愛人殺死了自己的父
親，皇室的陰暗讓純情的少女崩潰，終於選擇了死亡。因此其名字
等於是美好而脆弱的東西的象徵。很多畫家將之入畫，最有名的是
米雷（1829-1896）十九世紀畫的《水中奧菲莉婭》，其餘所提人物
也均更早。比如笛卡兒（1596-1650）「生命夢魘說」指向人的懷疑
精神之重要，因為感官可能會欺騙我、因為一切可能是一場夢、因
為可能有一個惡魔（也可指現實中無所不在的大他者）在捉弄我，
這種懷疑是古今敏感的心靈皆然的。因此由現代繪畫引發其對更早
古人的思索，顯然對映的是那時年少的他還完全無從理解二十世紀
西方繪畫早期包括基里科、達利、米羅到底意味著什麼，可能傳達

的是古今並無不同的生命充滿「詭異」的資訊，才使得當年才十三歲如劉道一者那早熟易傷他悶透的心境，必須藉他所熟悉的古典去澆現代孤寂、驚惶、虛無之塊壘。

因此由劉道一在十三歲發表的這首詩，大致可略窺出，他的生命情調是冷藍色的，似乎是苦楚的、無力的，甚至是恍惚的，句與句間留下頗多空隙，並無意詳予填實，反而任其在某種知性的語調中游離，必須由讀者自行去填補。他往後的詩多少仍保留著這樣的傾向。而這種傾向並非全然是個人性格或經驗使然，背後可能有其時空環境的背景或陰影。

劉道一在大陸結集的第一本詩集《感恩至死》，收入從1997-2000年的大部分詩作，但甚少納進1994-1996年這一段實驗、學習期的作品，顯示了他強烈自省的能力。2000-2003年，由於大陸當局放寬出版的審查，他得以一窺北島、多多、嚴力等「今天派」元老的中後期詩作。而2004年他在馬來西亞吉隆坡購得洪範版《瘂弦詩集》，令他當時「漸趨狹隘的創作之路重獲啟蒙，確立了臺灣現代詩與現代文學在個人閱讀、寫作及日後的文化策劃工作中的關鍵性地位」。他說的不只是臺灣現代詩對他的影響具「關鍵性地位」，也指出了瘂弦這一代人在新詩史上具「關鍵性地位」的影響力。當然也說明了他所謂的「坤伶體」的發想和確立與瘂弦的關聯。

瘂弦〈坤伶〉一詩為兩行一段、共六段十二行的形式，此即劉道一鍾愛的「坤伶體」形式，且還少了二行。比如他第三本詩集《碧娜花園》輯一即全為此形式的十行體，輯二的組詩各篇也多採此形式的十行體。此種執著，早在第二本詩集《時雨之記》即已出現，只是《碧娜花園》實踐得更為澈底，而且《碧娜花園》的部分詩作也是以《時雨之記》作為底本。如此則向陽的一段五行、兩段

共十行為形式，其實早在洛夫的《石室之死亡》一書中即普遍採用，也何妨稱之為「石室體」？

新詩，尤其是小詩體形式，體式無妨採此種命名方式，使之逐漸形成大家通用、愛用的形式命名，比如三行詩早已被泛稱為「俳句」，則林煥彰在東南亞各國、尤其在泰國曼谷「小詩磨坊」提倡的六行詩則又何妨稱之為「磨坊體」？甚至戴望舒的〈白蝴蝶〉一詩，一段四行、兩段八行的對稱形式也或可稱之為「蝴蝶體」。又紀弦的〈戀人之目〉及商禽的〈眉〉，均是傳誦甚遠的名詩，俱是兩行一段、兩段四行的對稱形式，不妨稱之為「眉目體」。「坤伶體」對瘂弦而言、或「蝴蝶體」對戴望舒、「眉目體」對紀弦、商禽等，均是偶一為之，並未加以發展，後人若據之大肆宣揚，使情思有一可自我規約的形式，如此行之若久，則或可為新詩鍛鍊出更多體式，讓後起者一起初寫詩時，有一可參考（而非遵守）之簡潔形式，未嘗不是可大大發揚的美事。

劉道一所謂的「坤伶體」即是他2006年因眼傷住院近兩月所歷練出，日後乃加以鋪張開來的形式，〈默劇：顧城〉、〈八月的流亡者〉、〈刀削麵〉、〈畫展之後〉、〈車廂亂語〉、〈花童〉等均為其中佳構。比如〈默劇：顧城〉一詩：

從黑中來，到黑中去
他路過光的屋子

光中有一把椅子
他走過，坐下，然後離開

黑中有一架梯子
他搬來，搬去，無處安放

光中有一扇窗子
他打開，眺望，淚流滿面

在光中歌，在光中死
他是黑的孩子

　　此詩文字簡練、乾淨，只動用了78字，而且以寫人為主（一如原詩「坤伶」的角色），而這正是「坤伶體」所欲強調的，不用冗詞贅字，詩中幾乎以動詞、名詞為主。「光」與「黑」代表生死或外在現實與內心世界，「椅子」、「窗子」現實世界安放的，無法主動置移的，「黑中有一架梯子」是內在不安的代表物，想找到出口爬出去，但「他搬來，搬去，無處安放」，最後以斧殺妻後爬上一株樹上吊身亡，而且是異鄉紐西蘭。詩並未詳述細節，只以顧城在生死間出入與自我及世界來往的無法被安排，如「他走過，坐下，然後離開」對「光中的椅子」也不眷戀，因為「他是黑的孩子」。此詩寫出了顧城不從流俗的詩人特質。

　　另如〈八月的流亡者〉一詩：

因撕毀大地的旗幟
他被放逐

燒毀母語的護照

那灰爐之微光

心與胃的思鄉症
伴他遠行

小旅店老闆眼中瘦弱的
東方旅行者

加滿油駛往真理之鄉
塞車

　　此詩僅62字，簡淨到極點，卻寫出了流亡者的困頓和思鄉症。首段寫流亡的原因是不服當權者的符碼（旗幟）占滿大地，則其護照自難再持續使用，等於失去母國的身分證明，有等於沒有，唯有心與胃能與鄉土相連，始終牽掛。二、三段敘述其流亡的過程和鄉愁，末兩段寫沒完沒了的困境和未來。藉「小旅店老闆」實體他者的眼光，寫一名「東方旅行者」的瘦弱，甚至可能有點不堪，實際則是西方人看不出甚至無法理解的流亡者「非旅行」的心境。而「加滿油駛往真理之鄉／塞車」，再度將尾景虛化，此「真理之鄉」即是自由、民主，腳踏之地即是，卻非自己鄉土，因此路途漫漫，不知所終，其蹇滯難行與「塞車」無異，「加滿油」與「塞車」對比，形成強烈的諷刺。

　　以簡筆冷靜為大時代中的小人物、困頓之人敘寫，成了「坤伶體」的一大特色，也為未來此詩體作了極佳的示範和發揚，又如下列各首片段：

民主和自由擺滿餐桌
人民是主菜

那個老人播種蘋果的鮮豔
蛀蟲的未來

整個國家都在叫春
不論白貓黑貓
──〈八十年代〉

造夢者以夢為馬
卻遭遇現實的鐵欄

青春是一枚按鈕
讓廣場子彈橫飛
──〈八十年代（二）〉

來不及拍打肩頭的灰土
就埋首於濃湯的滾燙

生凍瘡的手
與時間搶奪飢餓的話語權
──〈刀削麵〉

暖光下葡萄酒微醺
攪拌此岸與彼岸的時差

老畫家用指尖輕撫
多麼美的一方夜色

記憶中隆隆的坦克
卻構建最和諧的尷尬
——〈畫展之後〉

　　這些詩皆隱含了時代的光影、人物的艱辛、和尖銳的批判性，也顯露了詩人「挖掘不幸」的企圖和不得不說的良知。正如他所說「在語言中沉澱焦慮」、「以意象織就心路里程」，「坤伶體」顯然成了他試煉詩能耐的「實驗場域」，雖然有時某些詩作簡淨過度而成晦澀，令讀者難以跟隨，未來如能避開過度簡淨的危險礁區，則此實驗極具爆發性。

　　劉道一要藉助「濾淨語言」的努力方式，以便「脫胎，見反骨」，似乎是他多年來深思遠慮的結果，雖然他的「反骨」是隱然的，又有反主流及反掌控的意味，但「濾淨語言以脫胎」的確成了他詩作的一大特徵。詩本是感情的方程式，希望以最少的語言表達最豐盛的情感，一如越高明的方程式用的符號越少一樣。像已二千多年的畢氏定理，$a^2+b^2=c^2$，像超過一百年的質能方程式，$E=mc^2$，從來不需一大堆囉嗦的常數加在上頭，卻始終是顛撲不破的。它們分別清晰地表達了世間一些事象，比如前者適用於任何直角三角形；比如後者暗示了有限的物質（m）也涵攝了無限的能

量（E），迄今仍是最偉大的真理，即使仍很難被現代科技直接證明。詩要有塔或高樓或旗桿式的標竿特性，其「建築面積」皆不宜太大，甚至應簡潔至極，幾句乃至一句即動人心，劉道一「濾淨語言以脫胎」乃至「見反骨」的宣示和實踐，值得愛詩人寫詩人深思。

此書中的除了上舉「坤伶體」詩作外，其他形式的詩如〈Silent Passenger〉、〈冬日之光〉、〈華沙未死〉、〈失傳的苦難〉、〈愛〉、〈動物園散步才不是正經事〉、〈陶潛〉、〈詩短篇〉……等不少長短作品，也均是佳構，而且視域廣闊、輻射度遍及各關懷的角落，未來發展深值期待。一如他在〈時光咖啡館〉第七首所寫：

用別針
別住時間

鐘於是瘋了

詩就該是那「別針」，簡淨的曲線即可以大膽地「別住時間」。詩也該像他在〈詩短篇〉第七首所寫：

在不該說出時說出該說的這就是
詩

「不該說出時」而「說出該說的」，這需要多大的勇氣？劉道一具備了要讓「鐘」都「瘋了」的勇氣，可以期待未來他將以「別針式的語言」，簡練地別住詩的諸多可能。

卷二

曖昧的年代
——《八十八年詩選》的角色扮演

> 詩人站在創造的尖頂，自然是掌握「非確定化」原則
> ——「曖昧」的高手

　　在世紀交替的臺灣，最流行的話莫過於「說清楚，講明白」六個字了。它由李登輝總統口中發射升空後——就很像哈柏望遠鏡被送上天、希望把宇宙看個透徹——這「六字真言」喃喃在眾人頭頂，天天拿來當作咒語：在夫妻的信任關係上、在情人們眼光的糾纏裡，在政治人物交戰的舌頭間。但這一年來的臺灣處處「瞥見」的盡是說不清楚講不明白的事件：從「兩國論」（據說與「一個中國各自表述」並無不同）、九二一大地震（據研究若無地震，地球即死亡）、到興票案（據云「說清楚會害死一堆人」）、千禧蟲（據傳千億美元防虫是高科技界的大騙術）等等，沒有人可以將其中令人驚惶、震撼的過程、以及轉眼之間又像相隔甚遠的原委不摻半點假相地告訴你。時時你不得不像個心虛的法官，側耳傾聽兩造或多方七嘴八舌的說法，各方均像真相的分身，這時你處在一種曖昧不明的場合，很難採取不說話的態度。即使最懂得「曖昧藝術」的詩人們亦時時陷入長考的困頓中。

　　也可以說，處在一個不確定年代的人們，卻不時被迫做確定

（卻常不一定正確）的選擇。但「曖昧」的策略經常是不選擇，只是「經歷」；是「怎麼」，而不是「什麼」；是既參與又注視，既激情又冷靜；是在漩渦中又超越漩渦；是既表又裡，是在喧嘩裡沉默、在沉默的世界裡當唯一的喧嘩，是既近又遠，既實又虛。詩人知道這種兩面態度的困難，在現實生活裡他常不由自主地被迫做某些選擇，而且可能非常意識形態地。在詩裡卻不然，不論採取的是大格局或小格局的切入角度，「生命」經常是他唯一注視的焦點。而「生命」不正是大宇宙中最最「曖昧」的東西？

　　這也是為什麼臺灣在準備脫離二十世紀的糾纏之際，卻來個驚天動地的大翻轉——地殼、人、和同情同時間釋放出那麼巨大的能量——當其時，二千餘人喪生瓦礫堆下，不數日數百篇哀悼的詩文蜂擁上報上雜誌。其濃度之密（參見文訊雜誌第一七〇期「震災文學」選目）為數十年文壇所少見，其中最感人肺腑的莫非就是詩了。它們將二千多萬人所受的驚嚇，在數十行文字內顫抖地演出，於諸多朗誦會上更引起漣漪般波波的震撼。本集即選錄了向陽、羅青、羅智成、顏艾琳、杜十三、張國治、洪淑苓、沈志方等八家的地震悼祭詩，而許悔之的〈載記〉寫於六月，詩中說「在大地震過後的／海底城市／千年的珊瑚／碎了遍地」，似乎預見了這場大災難。這些詩也是歷年年度詩選中針對同一主題創作，濃度最高的一次。而當臺灣人民自總統大選開戰以來（一九九九年暑假），由於高手盡出，臺上你來我往競爭慘烈，臺下血脈賁張，紛紛抓狂，我們的詩人卻似乎早一步冷靜了下來，對此並未多加著墨。在他們涉及政治的詩反而有超脫悲情和束縛的演出。他們關心生命如何爭取尊嚴、注意歷史如何縫補傷口，涉入的時間光譜也非常寬廣。這些作品沉鬱中帶有靜觀、默想，兼及幽默、嘲諷，批判性溫和許多。

如林建隆〈鐵窗俳句〉、賴欣〈從一個年代掉落到另一個年代〉、賴佳琦〈二二八放假那夜我寫詩〉、吳東晟〈星期二的下午〉、文曉村〈群蛙論〉等，另有瓦歷斯‧諾幹史詩企圖的〈霧社（一八九二－一九三一）〉，對原住民深切而緊偎的注視，尤其值得稱讚。

　　以上二類詩就占據了本詩選六十三家的四分之一弱，可見詩人確實是人類代言人、語言烏托邦的營造者。洪特堡（Karel Wilhelm von Humboldt, 1767-1835）說語言「不可一覽無遺」「應被看作永遠在自我創造的材料」「創造的方式卻完全是『非確定的』」，而詩人正是站在語言創造的尖頂，自然必是掌握此「非確定化」原則的高手──「曖昧」的高手。何以短短百字寫地震的詩有可能勝於一本震災報導的書籍？三行俳句如何能比政治事件傳播得久遠？曖昧的語言──用幾個字濃縮真相後的符碼，一如天文學家想用幾條方程式算出宇宙的大小、考古學家想用一堆恐龍骨頭拼湊生命的歷史，其間均隱藏了「非確定性」，於是充滿了可以堆積好奇、想像、和能量的各式可能。

　　在這一集的詩選中，詩人們還把他們敏銳的觸鬚伸展到其他領域：如親情的抒寫（張芳慈、黃宣穎、方路），愛慾的糾葛（侯吉諒、尹玲、劉叔慧、江文瑜、隱地），生死關卡（余光中），對時光或自我角色的反思（李進文、夏菁、辛鬱、陳義芝、焦桐），童年追憶（羅任玲、林煥彰），跨國懷想（廖偉棠、孫維民、大荒），未來猜測（徐國能），乃至詩人的歷史定位問題（洛夫、向明）。多元展現，或文或白，或自勉或自嘲，或反諷或幽默，語言風貌可說豐繁而綺麗。其中年輕詩人紀小樣因該年度創作不懈，表現突出，中堅詩人杜十三在跨越千禧年的那一刻出版《石頭悲傷而成為玉》，形式創新，並以多元演誦手法於誠品書店展出，二人於

該年度均具指標作用，經編委會推薦通過，共同獲得年度詩人獎。

　　此外值得注意的是，由於寬頻網際的介入，這一年來網路文學的勃興，較以往更形熱鬧，動態詩的實驗越趨可觀，四處流竄的詩作也愈令人眼花撩亂。年度詩選以其平面印刷形式暫時無法容納，他日或可考慮將靜態和動態詩以光碟片形式收錄於內。相關資訊讀者可直接上網翻閱或參閱文訊雜誌「當文學遇上網路」專輯（第一六二期）。而也因時代變遷，筆者數年前倡導的「小詩運動」如今也逐年獲得驗證，各大報、文學團體的徵獎行數正向小詩或短詩「靠攏」，本年所收小詩也特別多，計有十四家，並非主編偏好，而是九人編委會審慎票選所得，恐也是歷年年度詩選之冠。其中林建隆的三行俳句、管管的〈小詩葉〉特具靈動和趣味性。

　　一九九九年諾貝爾和平獎原先呼聲甚高的大陸異議人士魏京生最後落榜，卻頒給了一個「無國界醫師」的組織，後來他們也來到臺灣，為九二一地震救災盡一份心力。然而不論「異議」或「無國界」，其實都是追求「非確定化」的一種表現──這也是前節所言「語言追求創新」，而思想與語言是相互影響的，因此「異議」並非單純的「對立」，而是人性之必然，其目標一如「無國界」，都是「自由」的尋求！然而自由的途徑卻千奇百怪，有人經由愛情（如徐志摩），有人依循宗教（如慈濟），有人熱衷政治（如魏京生），詩人則必然是經由語言的表達。其面貌必然是追求超脫日常語言和科學語言、擺脫「說清楚，講明白」的特性──因為只有一種可能；反而進入一種可說又不可說、「說不清楚，卻反而說得更清楚」、「說不明白，卻反而說得更明白」的「曖昧境界」。

　　你認為賴欣的「從一個年代掉落到另一個年代」說清楚了什麼嗎？要不，你說商禽的「飛行垃圾」、杜十三的「在斷層上與你相

擁」、孫家駿的「笛吹千山」說明白了什麼嗎?而這正是生命之所以能從模糊之中誕生、能多元發展、演化的特色——生命本身並無一個「可確定化」的頂點,物種如此、基因如此、科學如此、藝術如此、語言如此、而詩亦然。這或許就是《八十八年詩選》扮演的角色——在曖昧、無法確定化的年代裡,從語言的曖昧中去創新、去尋求多元的、自由的、乃至無國界的境界。

千年之門
──2001年學院詩人群年度詩展序

相互鼓掌，又暗暗較勁，真是千年之門柱前柱後一場熱鬧的詩展

　　人類站在自創年代的整數關卡附近──比如二〇〇一，總有種迷思。回首已逝、翹企未來，既暗自神傷，又復願景盈心，但往往心驚肉跳多於躊躇滿志。比起艱苦登高，站在山尖那種空間征服感的暫時性眩暈與快慰，攀上時間的高處顯然較腳踏實地登頂的感覺遜色許多。時間堆疊的不是整塊泥土，而是斷續的事件和增長的年齒。如果不用影像或文字紀錄，事過則境遷，他日回想，四顧尋覓，不見當年「高峰」，難免恍如夢境一場。

　　而二十世紀這一百年，恐怕是人類有史以來以相片和紙張堆疊得最高的世紀，石塊岩片雖然散在四處，但想像中其累積的實際高度應該遠勝於世上任何一座山吧？唯沙石碎岩氾濫的程度也應已到達山之巔都堆滿垃圾、破片四處飄揚差點遮住視線的地步；要不是數位虛擬的晶片以乾坤袋的能耐適時收容一些的話。

　　二〇〇一年，既是一世紀之門，也是千年之門，忽焉在前，瞻之卻已落到腳跟之後。像有隻無形手趁你不注意，就推你入了門，比起登山或攀岩，非你主動不可，否則誰能耐你何的心境，時間就有點宵小的行為了。除了入門前的千禧年（二〇〇〇）猶有期待和

安全渡過的慶幸之感，等到站在千年之門（二〇〇一）的當頭，整個世界的鞋履和衣襟似乎陷在門樞的夾縫，差點掙脫不得。

此其時，高舉聖戰旗纛的狂人賓拉登以迅雷不及掩耳的速度，僅以區區兩架飛機即炸燬兩棟一百一十層的雙子星世界貿易大樓——可看作紐約的兩支門柱，造成近三千人瞬間化為肉泥和灰燼，其手法之殘暴及挑釁方式之「創意」，可說獨步千古。在千年的門檻上，堆出了一百八十萬噸的鋼鐵廢墟——最終是一個廣達十六英畝的大窟窿。這真是繼二十世紀共產理想崩潰之後，另一項人性、信仰、和種族間極度難解的大諷刺、大迷思和大課題！詩人和作家在門邊或門後窺視、整個心思和眼神被泡浸於媒傳之中，無所遁逃，又豈能不感受到筆桿與火藥槍炮間難以比擬的距離和虛弱？

相較前此兩年的臺灣九二一地震，其911餘威更不可小覷，必然延續震顫，纏繞人們的口舌和筆端。它給人類的警醒和揭示，看來是一個百年甚至千年的老功課，過去那種唯美國馬首是瞻的做法正逐步瓦解和變形中。提高對土地自然、弱勢族群、不同種族、相異信仰的尊重和敬意，成了知識份子越來越共同認知道之「宇宙意識」的一部分。生命的發展和進程在宇宙間或許皆為同構，卻可能處在不同時與空的先後發展階段，儘可能尊重各地區各階段的「非並時性」差異，應是「宇宙的本然」，即使於地球上也不例外。要求一切系統的價值和做法都納於同一、除此之外即無可觀之事物，不僅無理，也難服人。

以是觀察近年詩之發展，於此千年之門周緣，顯現的正是此多元化後可能的面貌，再無所謂獨一典律、單一旗幟或主流可言，也無詩人必經的門檻，不想用走的，則飛天或土遁均無不可。所謂「界限的模糊」，何止是國界和個人血統身分、動植物基因的混交

而已，舉凡藝術的媒材、文學的類型、詩人的風格、語言，都可能既分散又統整、既單純又複雜、既文又白、既雅又俗、既平面又網路、既語言又影像、既嚴肅又戲謔、既男又女、既律德又背德、既遵循□□又違逆□□……，凡此種種均不難在晚近中壯及青年一代的詩人身上發現。

所謂學院詩人群，正是此種既獨立又聯合、既甘於□□又不甘於□□、既南又北、既文又武、既噤默又聒噪、既坐而言又想起而行的精神展現。成員不僅來自創世紀、藍星、女鯨、海鷗、臺灣詩學等不同詩社，有的同仁甚至「成份可疑」、「身分不明」，大大符合了前述「界限模糊」、「曖昧難以歸類」的最高原則！在他們的詩中，或敦厚或憤激、或嘲諷或諫刺、或歷史或現實、或親情或愛情、或責難或感恩、或遠寫或近描、或古或今、或軟柔或鋼硬、或冷處理或熱處理，既相互鼓掌，又暗暗較勁，真是千年之門柱前柱後一場熱鬧的詩展啊！

論者或謂，詩集或選本如此眾多，年度詩選亦不止一冊，何以年年仍自學院高牆翻身而出，必欲眾聲吆喝，所為何來？或可略答如下：然而以十人為度、集合每人一年創作，作一詩展，過去有何選集曾嘗試過？除學院詩人群外，似未之見也。短則可窺一年全貌，長則行之有年，更可了解詩人進展軌跡。何況壓力既存，詩人有所歸向，必然博積實力，奮勇創作、莫敢懈怠。加以身體力行，有助於本行教學更行立體化、不致於隔靴搔癢！況且借各大學地利之便，公開聚會朗誦、解讀，相互鼓舞並歡樂「比武」，既收推廣詩藝之效，復鼓動學生有樣學樣、激發創作潛能。推行數年以來，規矩形成，漸入佳境；如此畢多元目的於如是「道具」，豈非一「界限模糊」、「功能曖昧」、既此又彼的絕妙「文本」？是為序。

騷動
──《九十一年詩選》序

好詩名詩亦如此，即使轟炸了現在，不見得能預期詩的未來

在這本詩選編輯工作大底完成、準備付梓前夕，世界無限騷動。眼前當下，雖然只有腳趾前的電腦主機和隱藏的小風扇嗡嗡作響，但只要按個鍵，整個伊拉克遍體震動的畫面會鑽出螢幕擲向你、粘住你臉龐。此回近千枚巡弋、兩萬枚smart bomb對準的不只是伊拉克，是那塊土地上下無盡已挖未挖的古文明（美索不達米亞曾是地球上最早的文字、最早的樂器、最早的玻璃、最早的釉彩……一等等的源發地）。雷射導引瞄準的，其實還包括世上許多敏銳、脆弱、被焦灼或燒烤著的心靈，無不被轟炸得坑坑洞洞！早已隱埋的一些什麼被震得偏離了原有的位置，還無法找到未來。

而當你也如同伊拉克人民，一朝撥開煙硝和震撼（交戰第二十一天，臺北時間四月九日晚八時），開始撕下粘在世人身上長達二十四年的海珊陰影，看見巴格達人上街高喊「海珊是阿拉的敵人」「阿拉哈阿叭！阿拉哈阿叭！」（阿拉真主真偉大！），先前的敏銳、狐疑、不忍和震動是獲得印證還是也被smart bomb炸得暈頭轉向？全球千萬反戰人士噤默無語、誓言死守的人肉盾牌消失無蹤，更多的人張口結舌，不知世事何以如轉輪、轉變何其速也？

如此看來，smart bomb竟也是必要之惡了。是不是世人、詩人也如同伊拉克人，在潛意識裡早已隱埋著：在人生不同階段期待大小相異、厲害有別的smart bomb，自天而降，將自己炸離原來的未來？這些smart bomb有些是別人施放的，有些是自己生產的，有些大刺刺在白天、有些詭密在夢境的上空，對準的，都是自身內在那塊古老的土地，藏埋著遠久的古文明，等候著「騷動」，狐盼在煙火中重排未來的秩序？這麼說，每個人內心中都有一塊或大或小的伊拉克了？還是每個人內心都矗立著一尊大小不一、虛張聲勢、色厲內荏的海珊？

　　對一個寫詩的人而言，會不會自己的詩是海珊，別人的詩是的smart bomb？或者有時又反之，前人的詩是海珊，自己的詩是的smart bomb？甚至自己已寫的詩是海珊，即將想寫的詩，是構造更精靈、威力更嚇人的的smart bomb？還是常年安於「非常地伊拉克」，不愁不憂，繼續懷抱古老的光環卻無以發光，繼續奢侈地啃嚼自己已有的作品，copy自己的句型、形式、主題，像海珊的畫像和銅像遍佈全伊拉克般，就這麼地「一直海珊下去」？以是，海珊如果是一個詩人，應該是一位美學的暴君、一位假「詩之名」，有著病態自戀狂，除了重複自己、什麼新點子也想不出來的三四流詩人吧？

　　當然，這麼說海珊或許尚可，這麼地說伊拉克或許不公平。只是任何民族要發光發熱，都當以其能釋放自身最大能量為依歸；smart bomb永遠不會是單方向的，相互影響是必然的，包括伊拉克未來對世界文明的影響，只是互為smart bomb的時間點不同而已，一如在歷史潮流中文明的變遷一樣，實不必以一時一地之事件當作永久的懊惱。當創作者遭投擲若干smart bomb而有了「影響的焦

慮」後，因而輾轉難眠長達數月或數年的，哪個世代不會發生？若能奮起詩筆，回敬他人以更威力強大的smart bomb作品，不正是過去半世紀的臺灣詩壇已發生過、以及目前兩岸詩壇正相互「炸射」的情狀嗎？

「騷動」是必要的。他人、外人、此界、外界、此星、他星。同志出櫃對男女關係、未婚生子對婚姻、AIDS對性、科學對文學對藝術對政治對哲學對宗教、網路對平面媒介、奈米對微米、基因複製對人倫、乃至原住民對漢族、獨對統、臺灣對中國、小小的SARS對全世界……其實smart bomb早就無處不在了，不可能從來沒有一顆不投中到你吧？

再孤寂的詩人都不能全然免疫於外向世界對自己投擲smart bomb，當然你也可選擇移開自己的土地讓他撲空，打開自己內心的深淵、讓它們得不到爆炸的回音。上一代對下一代如此，中生代對新生代如此，新生代有朝一日也會反過來「空襲」上兩代、投擲屬於他們之形狀怪異鬼靈精似的smart bomb吧？

然則這本詩選會不會就是這樣一冊「無聲」、正「默默」進行著相互投射的心靈戰場？詩人們有的以他們微米型的smart bomb（小詩），有的大張旗鼓轟轟準備重型炸射（中長型詩或組詩），有的讀者看態勢不對逃之夭夭，有的早準備好借它們肅清內藏地下碉堡的海珊，有的堅持誰的smart bomb也不要默然製作著自己的，且一次再一次轟射個人內存的伊拉克，試圖改變自己的未來和過去。各種可能不斷地試驗著，有的形式優美主題詭異、有的辭句稀奇詩想古怪、有的炸開瓣叢繁複的大朵花（有兩千磅那麼大）、有的擠進石縫中炸開的是不能再迷你的小花（如一粒粉末那麼小），卻無一不威力驚人，祝讀者讀完後仍能夠「倖存」。但並沒有永遠

的smart bomb，好詩名詩亦如此，即使轟炸了現在，不見得能預期詩的未來。畢竟能「存入未來」、到下幾世代去投擲、去質變後世心靈的詩是何其少啊。

此詩選的出版，承年度詩選編委同仁的縱容，准予改採形式分輯的方式編纂，目前只是粗分，絕非定論，唯希望方便讀者各按喜好易於查詢閱讀而已。

當然，若沒有眾多詩人慷慨同意將其大作授權輯錄於此，本年度選集的出版根本是不可能的；且由於篇幅所限，選入者實僅及此年度已發表作品的近百分之一，選定前焦躁難安，甚於遭數十顆smart bomb所轟。本選集自然也不包括網路詩人張貼在各種文學網頁上的無數詩作，未來那將會是更熱鬧的場域。人的心靈越解放，能量的聚集和釋放更成必然，詩的前途看漲亦是可期（但非錢途），然而製造出的大小bomb如過江之「雲」，年度選詩勢必愈加困難。此時smart bomb的載具形式、投射目標和導引方式或也得納入考量項目，未來說不定還得成立「詩的運載公司」呢。

匆忙付梓之前，承焦桐兄拔刀相助、代評賞十餘首詩作，內人夏婉雲、友朋蔡明原、茅怡真等之代為多方上下搜索，使選詩時不致有太大遺漏，賞評時也給了若干意見，感激之情，難以言喻。當然，爾雅出版社隱地兄及編輯彭碧君暗中鼎力支持、文建會慨允贊助，是使得此年度詩選仍能勉力出版的最大幫手，他們都是製造這一代心靈smart bomb的「嫌犯」之一或之二。那麼有誰讀此詩選，也願暗地製造威力更強旺的「詩之軍火」，勇於起飛，針對羅列於本詩選內的詩人們一一進行轟炸呢？

漂浮的一年
──《2007臺灣詩選》前言

詩人天生會苦中作樂，擅長平中出奇，絕不平鋪直敘、直接吶喊

　　時值總統大選的前幾天，吵吵嚷嚷的一年選舉活動（包含國會改選），終將告終，此書印刷上市的那一天，臺灣新的領導人已經誕生。而在此之前，此詩選的編纂已告一段落，前前後後投注在這本詩選的時間超過半年，卻也是心情最浮躁的時期──幾本書、幾篇數萬字的詩論同時在進行、個人參與的臺灣詩學季刊社的15週年慶眾多活動正在推進，而臺灣向下沉的力道正面臨扭轉的時刻，人人期待變天，但心情表現出來時卻是一種不安，一種被置放在波濤上的漂浮感。這種漂浮的不安，在2007年一整年，以迄隔年三月，都深深感染了在臺灣的每一個人、乃至關心臺灣的海內外華人。

　　2007的這一年，詩人的憂慮和焦躁，或者說，與尋常百姓並無不同的不安，也在眾多報紙雜誌和詩刊的諸多詩作中表露無遺。我在閱覽篩選的過程中，心情難免隨之起舞，但還好，年度詩選所選並非考量題材，而是僅以詩質的優異與否為唯一標準。如此反反覆覆，拿起又放下的詩作不知凡幾，最後整理時，還是發現在一般性的書寫題材如愛情親情友情心情、人生感懷、景物山川、家事天下事等等之外，詩人所關注的國事，包括社會、經濟、政治的議題和

批判，竟也占了不少的比例。除了愛情親情友情心情等個人心境的詩作易賺人眼淚外，有關政經環境的現實議題，其實更反應了眾多百姓想說而苦無管道、或說不出口的心情。

這些，正是2007大選年的主軸（國會改選是第一回合拼鬥，本來在2007年12月，後來延期一個月才舉行）：沉沉悶悶、人人口袋緊縮的一年，許許多多令自己「吃驚的圖案」、使夢境感覺「憂鬱的人影」、以及快要承受不住的「好幾木箱的困惑」（引號內為謝青〈側影〉一詩用語），不少詩人都希望透過詩趕快解放開來。

因此在此本「年度詩選」中就會看到許許多多與大選主軸牽扯糾葛一起的歷史事件、與環境、時局、政治人物、社會經濟有關的詩作。還好，詩人天生會苦中作樂，擅長平中出奇，絕不平鋪直敘、直接吶喊，而多半會採用轉化比擬手法、戲劇性手法、小說筆法、或幽默諷喻的手法，使得可讀性大大提高，令讀者笑中帶淚、趣談中陷入沉思。為突顯這種不安的主軸，底下即以一些篇幅簡介幾首與此主軸有關的詩作。

與歷史哀傷有關、其餘波盪漾影響迄今的詩作書寫，最是不易，比如朵思的〈阿拉斯加灣的落日〉即是佳例。這是一首第三人稱敘述手法的小說詩，反映的是白色恐怖時代，因政治迫害所造成難以彌平的陰影，受害人數十年想吐吶的仍是「那些獄友未及吐出身先死的唱嘆」，詩以「他」的角度寫來、結尾才釋疑，張力十足。向陽的〈哀歌黑蝙蝠〉則是屬於另類的歷史哀傷，與1952年美國在新竹設立「西方公司」有關，「西方公司」轄下的低空偵察中隊，是空軍三十四中隊，即黑蝙蝠中隊，另一個是從事高空偵察的空軍三十五中隊，即「黑貓中隊」。十四年間黑蝙蝠就摔碎一百四十多個家庭，三分之二成員消失無蹤，損失極為慘重。詩的主軸是

模擬黑蝙蝠成員們每一次出勤的心境與沉重，詩中以蝙蝠的神祕為喻，表現出任何人都無法確切理解的決心和憂愁。一個機密的國家單位早已事過境遷、不復存在，詩人卻透過動人的文字，留下了這一段歷史的縮影，值得被記憶的無名英雄們終於可在讀者的心中踏下足跡。但我們對這些為捍衛臺灣、以外省族群為主的飛行員，和他們留下的子弟的心境，又有多少關心和瞭解呢？

與社會事件、弱勢族群有關的，最突顯的是樂生事件、和自殺議題。前者由於有大學學生長期進駐參與抗爭，不時在總統出現場合向他「嗆聲」而廣受矚目。林德俊〈搬遷，無法搬遷的：樂生院告別記事〉即是一首對不可抵抗的仍要發出一聲無言抵抗的抗爭詩。樂生療養院所代表的的記憶被看作「城市的語病」，其實是對歷史與文化的羞辱。詩人無力抗衛，也要發出憤怒之聲。杜十三的〈炭〉則反映了經濟不景氣、家境貧困或生活能力差者以燒炭方式結束生命的社會事件。詩中採第一人稱的自述手法，說家中門內步步驚恐、家門外所尋者已滅，末了「只能坐在生命的門檻上哭泣」，直至不得不走上絕路，強烈批判了當下的現實。

直接書寫族群對立、藍綠分明的現況、或是對在上位的政治人物極度不滿的詩作也不少，而且非常突出。比如年輕詩人林佳儀〈持續靜坐的午後〉一詩，乃以輕鬆、幽默的語調，對族群現象予以諷侃批評、將雙方各打五十大板，希望在大自然的淨化下有所緩和。詩中以「山」的沉默自喻，要以大自然的「高道德的屁股」坐在島嶼臉上，放一「響亮且無臭的愛」，期待藉助山的無私化干戈為玉帛，將恨消弭於無形。李進文〈功夫〉則帶領讀詩人不時回應到熟悉的當下政治時空，詩作中浮現出的政治人物影像相當明顯，直指這位在上位者的失敗之處，那人卻又能以高超的功夫抽離自身

於政治混亂的泥淖外（很像周星馳電影「功夫」萬佛朝宗的高妙本領），可見其「功夫」驚人之處。陳鴻森的〈魔術師〉也與李進文相呼應，詩中魔術師的真實身分呼之欲出，每個人早已經被他奇妙的魔術所迷而處於昏厥狀態。詩中以「比目魚」之極端「反目」的比喻，形容臺灣的族群對立，魔術師即始作俑者。他把可施展的魔術毫不吝嗇一一排演在所有人的面前，每天觸目所及就是他可貴的表演，因此再也沒有人懷疑這是魔術了，魔術已然轉變成再真實不過的日常生活的一部分。

批判性強烈到不行的詩作，看起來像是對某政客的攻伐，或是一個不停往下沉淪的人物或集團的攻詰，末了卻有戲劇性轉折的，則如金恆杰〈我說的是……〉。此詩大半訴諸概念性文字，如「堅決墮落／發誓向下」、「貪婪而凶狠／凶狠到無孔不入／貪婪到／坦然墮落／面／不改色」，接著攻擊他或他們不顧一切賣力的把自己下沉至所有人都到達不了的地方。至末幾句這個「誰」才被揭曉，「我說的是水……」「……不是媒體」，結果大大大幽了讀者一默。「水」顯然不是答案，即使「媒體」恐怕也是遁辭，作者末尾給的答案像是要批判影響社會至深的媒體產業，說它們蓬勃發展到達了飽和時，帶給觀眾的反而掩蓋了道德而彰顯污染、突出了淪落的無孔不入的惡質文化。然而若無可供炒作議題的政治八卦，則媒體也很難無中生有，因此作者的答案外恐或有歧義，事實上也可看作一切向下沉淪的事物或人、集團、乃至政黨。文字在通明曉暢中極富批判力，作者看來是用了「反反」的、或「負負為正」的手法，因而才能保持詩質不墜。

此外，老頑童詩人管管仍保有他典型幽默和風趣，詩作〈俺說〉也間雜了對世事的不滿說：「這年頭那兒沒有賊」、說半夜

「靜得能聽見／阿富汗大佛的崩塌聲」，意有所指地表達了他的指摘和不滿。其他如李有成〈我有問土耳其朋友阿里一個有關身分的問題〉、杜杜〈夢的抓痕〉、詹澈〈夏季預知死亡紀事：哀老農熱死〉……等等不少詩作，也均傳達了詩人不囿於己、觸角與臺灣這塊土地習習相關的主題。

此外，2007年的詩選仍按照上一回2002年（《九十一年詩選》）我個人編選的形式，仍分小詩（10行或百字以內）、短詩（11至30行）、中長型詩（30行以上）、組詩等四輯，散文詩則從缺。關於小詩部分可以順便提到2007年臺北詩歌節的「活版自由詩」活動，那是將年輕詩人夏夏刻印的一百五十一個字打散，廣為徵求僅用這些字寫出來的詩，且規定只寫作60字以內詩作（含題目），題可自訂。字可重複使用，唯規定不得加入額外的字。策展人鴻鴻提到此項徵文的來源，說「限制性寫作」來自創立於一九六〇年的「務力波」團體（Oulipo，原為「潛力文學作坊」（Ouvroir de litterature potentielle）的縮寫），發起人為法國文學實驗大師奎諾（Raymond Queneau， 1903－1976），包括他曾用九十九種文體描述一個事件》（結集成《風格練習》一書）、切開十四首十四行詩自由重組（結集成《一百兆首詩》一書），其他著名的參與者還包括杜象、卡爾維諾、佩黑克等。鴻鴻說：「『務力波』的主要精神就是『限制性寫作』」、「限制越苛，越能令作家突破慣常思考模式。他們相信嚴肅的文學開拓，實奠立於文字遊戲當中」。與鴻鴻推介的文學試驗相似，筆者也曾在《一首詩的誕生》（1991）、《一首詩的誘惑》（1998）、《一首詩的玩法》（2004）等書、以及「象天堂」網頁中九首「乒乓詩」（2001）中都提過類似的玩法，如今能付諸詩歌節的市民活動予以推廣，自是文學社會化的

一大喜事。此「活版自由詩」徵詩活動徵求10首詩，後來在聯合報副刊上刊出，本「年度詩選」本來選入其中一首，即李秋田的〈浪〉，只有三行：「水／燒開著／翻捲不下」，比喻極具動態的三行。唯因聯絡不到作者，置於此，供讀者參酌。

與上述活動相近的，是中國時報人間副刊上舉辦的「紅色情詩」徵文活動，其「紅的規則」是：「情要長、紙要短，限定行數限定10行內，超過此行數恕不錄取」。本「年度詩選」則選了曾宗琇的〈離開〉。唯上述兩項徵詩活動，效果及詩質仍有侷限，還有待長期經營才行，比如「創世紀詩刊」近幾年便長期闢出相當篇幅徵小詩，效果即逐漸顯現。看來「小詩運動」已起火待發、有請大家共襄盛舉，雖然離蓬勃發展，似乎仍相當遙遠。

值此書即將付梓，心中如釋重擔，卻也百感交集。只因即使翻閱了重要的報章雜誌詩刊，從幾千首詩中要選出不到百分之一、二的詩作，遺珠者必然不少，尤其一些100行以上的長詩。所選者也不見得是大家都滿意的作品，卻只能說是筆者極為主觀直覺的選擇。又本年「年度詩獎」經「年度詩選編委會」五位成員冗長的討論後，決議頒給老詩人商禽，其貢獻和寶刀未老的表現已刊於「讚辭」和其詩作的簡評中，不另贅述。而詩選的出版要特別感謝我的助理蔡明原先生長期的協助搜索相關資料、分攤勞煩，二魚文化前後兩位編輯賴舒亞、林芳如的辛苦幫忙、及發行人謝秀麗在此百業蕭條出版業陷入谷底之際仍願慨予協助出版，省去編委員成員為出版奔波，隆情盛意，僅能說感激。而其餘四位編委不僅對年度詩選的未來提出遠景和建言，又願於百忙中分攤評語工作，在此也一併致上謝忱。更期待來年景氣反轉向上，「年度詩選」的編委們能一起為臺灣詩壇提供更多詩的願景和服務。

石頭與閃電
——《2012臺灣詩選》序

即使不能改變什麼，也要狠狠詛咒訐譙預言一番

2012年在臺灣，被票選出來代表該年度的一個字是「憂」，這是繼2008年的「亂」字、2009年的「盼」、2010年的「淡」、2011年的「讚」字之後的另一重複「掉落」。而這些字的順序就好像人生情緒的起伏、或生命的生老病死、或人事物的成住壞空似的，永遠在一個相似的循環中起落迭盪。

而臺灣自從民主化後，整個族群便被政客一再操弄，人心裂成兩半，永遠在短暫的政治熱潮後，一半人陷在「壞、空」情緒的坑谷，另一半人則暫處於「成、住」高原的一方，詩人能免於跳脫出這種干擾的竟是稀有族類了，這或是「宅」字會越來越受矚目的原因吧。

上述的「憂、亂、淡」三字像是走向摧毀，不論是天災或人禍，「盼、讚」二字像是走向重建，不論重建是否完成。摧毀的一邊又像是日常語言落在口沫橫飛者、媒體爛持者的口中，破碎、肢離、虛偽、刺耳至令人不可聽聞；重建的一邊像是詩語言出自詩人嘔心瀝血的創意，即使咒言祭語晦詞歌韻宛如來自天聽。但大眾總是樂聞前者，而無視於後者。即或如此，沒有一個時代不有一些詩

人以詩繼續抵擋著這種漠視，這是年度詩選總能編選下去，倏忽已三十餘載的主因。每一個時代的日常語言與詩語言永遠是並存的，互相拉扯的，就像任何一當下，生老病死和成住壞空永遠是同時展現的，只是在或不在同一人事物身上同時間發生而已。

赫曼・赫塞說：「現實是拘禁在每一塊石頭內戰慄的閃電，如果不喚醒它，則石頭仍是石頭」，他的意思或是：外在現實（比如身體、土地、環境、社會政經）的變化固然會影響一個人、「拘禁」一個人，宛如將你驅趕至「壞、空」情緒的坑谷，或處於「成、住」高原的一方，但做為一個詩人，卻必須「喚醒」這種「拘禁」，將其內在「戰慄的閃電」釋放，看到現實最內在的意涵、和真相，知其可而不為，或知其不可而為之；既不可為現實所「拘」地「宅」在其內，也不宜完全無視其存在地「宅」在其外，如何入乎其內又出乎其外，不有所偏執一方，似乎成了由質而能、由有而無、由色而空、由有限而無限、由壞空而成住、乃至由成住而壞空、進入由石頭而能閃電由閃電而能石頭、無往而不自得的境地。因為石頭與閃電究竟何者是成住（重建），何者是壞空（摧毀），或二者既是又既不是，最後竟都不能過度執著了。

詩不正是如此嗎？詩人不正是永遠站在實與虛、外與內、看得見（現實）與看不見（底蘊）、乃至自然與人為、科技與人文之間，永遠向兩頭張望的人？說詩人是時代的良知良能者、知病覺痛者，一點也不為過，即使不能改變什麼，也要狠狠詛咒詰譙預言一番，即使「變壞」（向明詩作名）也在所不惜。年度詩選的出版目的，應不在「高舉」該年度眾多詩作中的標竿，而是在「列舉」一些願意一手執石頭，一手釋放閃電的詩作，這樣的詩人和詩作在臺灣當然不少，編者礙於詩選容量和人力所限，只能憑其主觀意識，

掃描大部分的平媒報刊雜誌，做了有限度的篩選。

2012年現實中難以化解的大石頭，比如國光石化轉嫁到馬來西亞（劉克襄詩）、美麗灣環評（阿布詩）、美牛案、釣魚臺爭端（謝輝煌詩）、歐債、油電雙漲、中科四期搶水工程的抗爭（吳晟詩）、核四存廢、貪瀆案、bumbler領導人……舉凡家事國事天下事等等諸多常人視之石頭者，詩人卻要喚醒它內在戰慄的閃電，以之打動人心。

但對另一部分詩人而言，他們會對上述的現實避之唯恐不及，日日面對一座寂靜的大海可能才是更大的現實，如何安頓一顆心、一椿情，如何解開一宗夢一件靈的困境才是最大的現實、更大顆的石頭，於是我們會讀到一批不隨外在變化而浮沉、修心修身、修情修靈者的另一種詩的呈現內涵。以是有的詩人先看見一個個的石頭，有的詩人先看見石頭內看不見的閃電，每個時代皆如此，宛如再一次面對經驗論者與觀念論者的兩種書寫趨勢，或偏於唯物或偏於唯心，或偏於寫境或偏於造境，詩人總是在其間不斷思索著，也糾葛著。到後來讀者會發現，原來被拘禁的既是現實，也是人，戰慄的閃電發自石頭，也發自人最內在深層的能量，人是拘禁者，也是釋放者，詩控訴石頭，也解纜閃電。

今年年度詩獎頒給吳晟及羅任玲，一位是土地與水的維護者實踐者抵禦者，一位是朝夕面對一座海要用整本詩集整個一生去思索才略窺得奧祕；一抵禦人造、反抗金權，另一崇尚自然、溶於自然，到後來，就最後意義而言，兩人竟是殊途同歸的。

這個詩選承繼了主編者2002年及2007年兩本詩選的體例，分為「小詩」、「短詩」、「散文詩」、「組詩」、「中長型詩」等五種詩的形式。隨著時代的發展，詩壇創作的形式竟然也有「M型

化」的趨勢，不是極短如一行詩、俳句詩、五行詩，就是極長，如羅智成今年發表的組詩式的整本長詩《透明鳥》、陳大為的兩百餘行的系列組詩六首〈垂天之羽翼〉，若取其局部即難見真章、又礙於薄薄一冊詩選胃納有限，本年度只能在此「存目」。長詩撰寫者自有其反時代潮流駕大舟逆水而上的考量和勇氣，這在大陸詩壇更是形成風氣，不論長詩或組詩，動輒數百行或數千行者一時流行，自有新詩以來，至此最盛，既考驗著讀者的耐心和胃口，也將考驗著今後詩評家的眼光和鑑別力。而2009年國藝會曾以高獎金徵求兩年內完成兩千行以上的長詩，結果選出並於2011年出版蔡秀菊、張德本兩人的兩部長詩集，其後即無以為繼，因此關於長詩的後續發展或仍值得續予關注。

而在「M型化」的另一端，由本詩選即可以看出，以小詩（十行內或百字內）及短詩（十一行至三十行）佔大宗，以首數而言，幾近四分之三。散文詩寫的人甚少，組詩（相同主題）、或類組詩（形式似組詩）、或三十一行以上的中長型詩都不多，大致也可以看出整個詩壇的普遍趨勢。而小詩及散文詩其實是最可播種施肥的領域，其難易度最輕、失敗率卻也最高，但有可能是未來開花結果最旺盛的詩形式。

而畢竟這是兩個詩壇的年代，一個是傳統的平面媒體，一個在電子網路，兩個詩壇交集相當有限，老中青三代詩人和讀者從來沒有像這個年代那樣疏離，而年度詩選從民國71（1982）年第一次選詩以來，即是以平面媒介為主，已經傳承了超過30年。但除了透過有限的詩刊、和網路詩人主動的「下網」，平媒與電子網路仍難有極好的交流互動。而從平媒詩壇向網路詩壇逐漸轉移，已成了無法阻擋之趨勢。可以預期，若干年後，當所有的中年及青年兩代都在

網路上寫詩時，那時候的年度詩選一定是另外一番面貌。

　　詩是語言中的幹細胞，幹細胞是一類具有自我更新和分頭演化潛能的細胞，不甘於即生即滅、動不動就隨波而去，總保持著「原力」，扮演著要「自我拯救」乃至「拯救他者」「拯救一切」的角色。或知其可而不為，或知其不可而為。他們隱藏著，像人人骨髓中自足地具備了幹細胞，卻不知其存在，無法喚醒它，這就如同石頭中隱藏著顫慄的閃電，常人卻看不到一樣。那麼就把這本詩選視作一記記顫慄的閃電吧，藉著它們，我們可喚醒內在隱藏充滿原力的更新自我的幹細胞。

　　本詩選的出版得感謝諸多充滿原力的詩人不懈的創作和慨允收入本集，其次得感謝二魚文化副總編輯黃秀慧的多方催促和協助，以及成大博士候選人蔡明原在資料收集查詢上的大力幫忙，另外由於篇幅所限，且為容納更多年輕詩人作品，不少享有盛名之詩家的創作、和長作到末了只能割愛。其餘有所不足處，均得由編者概括承受，祈方家有以正之。

微的時代
──《2017臺灣詩選》序

　　　　　　人們也或漸能明白微與巨大的景觀並無相異

　　只有不斷微小，才能抵抗住巨大，因為微小是巨大的另一形式。

　　這是這篇序一開始在下了題目後，最先寫下的一段話。

　　微，通常代表小、輕、短、薄，乃至看不見。指向少、細小、稍、略、等極小量詞，又與無、沒、非、不是、卑賤、衰落、昏暗不明等空無、負面或與正常白日運作相反的詞有關。微又有伺探（「使人微知賊處」）、或隱匿（「其徒微之」），乃至暗中、祕密（微行），甚至精妙幽深之意，如「其言也，約而達，微而臧（允當），罕譬而喻」（禮記），如「人心惟危，道心惟微，惟精惟一，允執厥中」（書經）。後者「道心惟微」的「微」字，南懷瑾據佛經將之解釋為「不可思議」，這或是微字在後現代最貼切的釋意，很接近空、無、無限。因此此文標題「微的時代」，說是「不可思議的時代」，當無不可。

　　詩看起來與此無關，但其內在隱藏的「不可思議」，正與這個時代、與詩所涉及的一切事物有著若即若離的關係，而若即若離正是詩的本性。也正是若即若離令詩進入事物之中、又能推離、飛行於事物之上。如此就不只道心惟微，連詩心也惟微了。則把「不可

思議的時代」說成「一切均朝向若即若離的時代」，似乎也無不可了。詩自從借科技之力走入網路、乃至2007年起竄行於智慧型行動裝置後，走的即是若即若離的路線，詩的形式朝向「微的時代」越來越受庶民喜愛和關注，在這點上，詩人反倒比庶民百姓後知後覺。

年度詩選由自1982年爾雅版《七十一年詩選》開始十年，然後在前輩詩人努力奔走，歷經現代詩社、創世紀詩社、臺灣詩學季刊社輪流出版再維繫十年，2003年迄今改由二魚出版，如此已歷三十五載，出了三十五冊詩選。這其間有二盲點，一是年度詩選迄今仍無力觸及網路詩壇，而那卻是相對於平面媒介的所謂主流詩壇而言，是若離若即、若存在若不存在的一個四處流竄、更龐偉也更虛擬的詩壇。其中發表的詩作數目比平面媒介多了不知幾多倍，當時以平面媒介為主要創作場域的中生代以上的詩人幾乎大多無力顧及。

一直要到活躍於網路超文本創作的蘇紹連於2003年6月在臺灣詩學季刊轉型為《臺灣詩學學刊》的同時，宣布建構網路版的「吹鼓吹詩論壇」計畫，邀請諸多網路詩人如林德俊、陳思嫻、劉哲廷、廖經元、負離子、紀小樣、銀色快手、楊佳嫻、楊宗翰、鯨向海、李長青、阿鈍、然靈、莫方、呂美親……等擔任版主。數年之間，投稿量每年均多達一萬首以上，一個詩網站的力道遠勝於平媒竟有如此者。2005年9月蘇紹連並增設出版與網站同名的紙本詩刊，仍由蘇氏主編，這是臺灣詩史上將平媒與網路連結的第一個刊物，也是年度詩選選詩時能與網路相連的第一個通道。此後到臉書（facebook）風行，各種fb詩網站設立，平媒詩刊也紛紛成立粉絲網頁，這些詩刊若再不與臉書連結，就成了孤島式的刊物了。此後幾

年，使用行動手機與臉書連結的人全世界要以十億計，面對掌大的螢幕讀詩寫詩，詩形式的「微化」再引關注。雖如此，由文訊、創世紀、乾坤、衛生紙+、臺灣詩學（含學刊及吹鼓吹詩論壇）二刊物等舉辦的《2014鼓動小詩風潮》共出版八種小詩專輯，卻仍主要侷限在發行平媒上，網路上的影響仍有限。

至2017年初「截句」（1~4行，可截舊作）一詞的橫空標出，由蘇紹連在2010年成立的「facebook詩論壇」於一月初開始徵求截句，並於一年內與聯合報副刊三度合作於網路上徵截句詩，優勝者同時刊在副刊及網站上。如此雙向出擊，半年內即得截句超過五千首，年末並出版了15本截句詩集、選讀及選集，這是臺灣小詩運動以來從未有過的大動作。若看2018年起大陸更以「微詩」一詞在網路上大張旗鼓宣傳徵五行以內詩作，乃至面對全球一整年徵稿，並將檯面上重要的詩人詩評家及其他諸多國家語言的重要詩人納入評委名單，「微的力量」其實早已在網路詩壇如火如荼地呼應庶民百姓對小詩的渴求，且竟可如此強勁，詩創作者豈可視若未睹？

以平媒選詩為主的年度詩選要面對如此眾多活潑之詩網站的「圍攻」，表面上視而不見，其實背後是深陷無能為力的困境。早在1979年羅青即提倡小詩（16行內），惜未能親力勤作示範，1997年筆者則開始提倡「小詩運動」（10行或百字內），希望「以微解圍」。此後筆者輪編年度詩選時，於2002（《九十一年詩選》）、2007、2012一而再再而三按小詩、短詩、中長型詩、散文詩、組詩等五輯的方式標示，希望從而引發詩人對小詩、乃至散文詩的重視，但並未獲其他編委的迴響。此回2017年的本選集，仍再度按此五種形式組稿，其中小詩更涵蓋了漸受關注的「截句」，此小詩輯即多達三十首，加上短詩，就約占了選集近八成。

要明白世事或事物的「『微』之不可思議」，或需要有洞見，比如十七世紀寫《沉思錄》的巴斯卡（Blaise Pascal，1623-1662，法國）就曾提出「無中心」和「兩個深淵」的論述。「無中心」是指在大自然「這個無限的領域，任何地方都是它的中心，而沒有地方是它的邊界」，而其「兩個深淵」的說法，不只宇宙是深淵，尤其對「微」的認知，也說「那是一個深淵，那是空無的深淵」，與莊子的「至大無外，至小無內」，或佛經所載遙相呼應：

　　　　讓我們窮盡想像力，……或許以為那個小點（筆者按：此處
　　　　指跳蚤血液最小的點）就是大自然最小的點，但是其實那是
　　　　一個深淵，那是空無的深淵。……我們將對自己顫慄，將看
　　　　見自己被大自然所賦予的軀體，懸浮在無限與空無（按：此
　　　　「空無」是巴斯卡自「至小無內」觀察所得）兩個深淵之
　　　　間。……我們對首尾兩極的瞭解同樣無限遙遠，事物的末端
　　　　與始端對我們來說，是無望地深藏在不可穿透的祕密之中，
　　　　既不能看到由自己而出的空無，也不能看到將自身吞噬的無
　　　　限。……除了去感知它中間部分的表象之外，我們還能怎麼
　　　　做？（《沉思錄》第二章第72條）

　　昔年楞嚴經上所謂「於一毫端，現十方剎；坐微塵裡，轉大法輪」，或華嚴經上說「一一微塵中，各現無邊剎海（即水陸）；剎海之中，復有微塵；彼諸微塵內，復有剎海；如是重重，不可窮盡」，今日看來，並非單純一種玄想，而根本近乎是科學的事實。
　　寫詩人在面對網路時代「思考全球化，行動在地化」（R.Buckminster Fuller）的後現代敘述，不能不思索，所謂「全球」

並非「至大」，「在地」也非「至小」，因此或可向外也向內擴充，更加朝兩端擴大至「思維宇宙化，行動微物化」，一如黏土一朝奈米化，也有黃金的價值，「微的可畏」若不同時掌握，將很難明白巴斯卡「兩個深淵」在一切之中皆極具「可怕穿透性」的預言。容格（Carl Gustav Jung，1875~1961）說於內外兩端，「介於兩者之間的便是人，時或內在，時或外在，此外，他更時常根據其情緒或性情肯定其一為真理，而否定或犧牲另外一個」，通常「巨大」為人所畏懼，「微小」則不免歧視之。相同的，過去於詩形式上，寫詩人大多只偏向長、大、巨，非如此難以豐其功偉其業，幾乎完全無視於庶民喜愛和渴望的是「微的時代」那種精妙之詩如「沙中有海，海中復有沙」能澆灌其心靈。如前所強調，在這點上，詩人不能比庶民百姓後知後覺。

當然「微」絕不是詩的總指標，而只是一再強調，那也該是重要的指標之一。餘如散文詩，乃至散文詩交混分行詩（如年度詩獎得主羅任玲入選的詩）的實驗，仍有待更多寫作者勇於嘗試，使他日也能成為詩的重要指標之一。

此詩選也是此屆年度詩選編輯委員會五人小組最後一年的編纂。2000年起，此五人小組自前輩詩人群接下此棒子後，倏忽竟已編到第十八冊。面對時代更劇烈的滾動、資訊交通更迅速變革的未來，實需更年輕的一輩接續此棒子，預期那將會是一切「微」得更厲害、滾動得更不可思議、更加難分虛實、人們也或漸能明白微與巨大其實無異的景觀。

漂浮的數位花園
──由2001年兩本「年度詩選」看詩的變革

這個花園無處不在，是漂浮而虛擬的，因此可隨「機」出現你眼前

　　詩是這樣古老的東西，每個民族只要有故事就具備的東西；它很像大自然送予人類的一把鑰匙或武器，用以打開、或抵擋這宇宙，以免被大自然自己平白地誕生、又平白地吞噬。

　　這時代對於詩這命題慢慢不再是：「什麼是詩？」，人們會更想問的是，「為什麼會有詩？」。古今中外所有的詩人都是模模糊糊不懂什麼是詩時就開始寫詩了，乍看龐雜難解，其實隱含了宇宙內化於每個人身上的運作機制──無限存在於空間的每一點上（比如人體或一粒細胞中均存在無限的元素或分子），詩會不會是：欲以有限的語言試圖營造、表述、回應此無限？

　　但這問題仍然跟「為什麼會有人？」甚至「為什麼會有生命？」一樣，很難有確切、源初的答案，因此到頭來仍是愚蠢的老問題──除非找到人身上詩的基因。愛因斯坦曾慨嘆地說：「一條魚對於牠一生游動的水有多少認識呢？」那麼，詩人對於他一生游動的詩有少認識呢？或者，e世代詩人對他亟欲建構的數位時代有多少認識呢？這問題跟以上所有的疑惑一樣，很重要，也可以很不重要。

說它重要的，是因為少數尋找規律者基於「秩序與理性」的需求；說它不重要的，是因為這當下眾多活著的更注意創意偶發的「隨機性」。前者很像這本「網路年度詩選」，後者很像潛水艇般活躍出沒在各個BBS或WWW海域的蒙面俠、詩妖、詩精、或詩怪們。也因此，對平媒或網路的眾多詩人而言，他們最想遊街示威、焚燒的一面旗幟是：「我的魚網所不網的就不是魚」（A. S. Eddington, 1882-1944）。任何被攻擊得厲害的「詩選」，就都是這樣的一張令詩人望網興嘆的「漁網」。偏偏不被攻擊的「詩選」為數更多，卻皆不是他們眼中所謂的「漁網」。不需要太久，這本《網路詩選》有機會成為這樣的「漁網」和「旗幟」。

　　人性幾萬年來沒有太大的改變，詩的形貌卻一直在改變。而它又不像科技一樣，越變越好，只是越來越不同、越多元。然而它觸及的人性底層──渴望脫離束縛和侷限，只是單單透過各民族所發明的語言（多半在左腦），來描述其他藝術如音樂舞蹈繪畫雕塑所欲表現的相近內容（多半在右腦），透過創新來表現對當下世界的不耐和掌握（此時與獨裁者無異），此精神也與科學並無不同──一切的發現、發明（包括複製人或拼貼動植物）、乃至對於大千宇宙和奈米世界（無限）的「張望」，都無非是為了渴望脫離束縛和侷限（有限）。詩到了今天，不論創作或發表，都越來越自由、自在，甚至有可能與科學「狼狽為奸」、「坐上數位的飛行器」，引發一場全新的文學革命，並非危言聳聽，也不是沒有理由的。「網路詩」的「數位花園」之各種實驗正是個開端。

　　若拿2001年的兩本年度詩選來看，或可知「尋求突變的可能」是任何年代均會發生的，只是面對數位科技的挑戰，詩的形貌由「小突變」而「大突變」，正在方興未艾之中。由報章雜誌及詩刊

等平面媒體發表的詩作中挑選出版的《九十年詩選》（即2001年詩選，2002年五月出版，臺灣詩學季刊印行），與這本由「詩路」網站中精選出的《詩路2001年網路詩選》相互較比，可發現幾個有趣的現象：

（一）**成魚儀式**：《九十年詩選》必須通過各刊物媒體主編挑選後先行發表（直接成為中型魚，越重要的刊物魚的體型越大），壓稿常長達一季至半年一年，否則無資格當「大魚」的候選者。《網路詩選》則人人可上塗鴉區當「小魚」或「魚苗」，先即時於稿件完成的幾秒內就滿足了做為一條「魚」的發表慾（這一點對眾多剛起步的詩人最重要）。然後有資格進入「精華區」成為「中魚」，則仍須經歷時間的折磨。就幾個月與幾秒間的差異，即可知被前者「扼殺」的魚苗不知凡幾，就做為「無限可能存在於每個人身上」的宇宙規律而言，前者是侷限而不自由的。

（二）**網魚方式**：《九十年詩選》是曾經當過「大魚」的易被再度撈上網，在各項「體型比賽」中脫穎而出的，亦然。雖然大小魚池不少（目前看來還比集團式的詩網站多），但大漁塘特別受到青睞（比如兩大報），以知名度坐擁「霸權心態」之諷乃隨尾而生。「詩路」單單一個大型網站就「敢」以《網路詩選》之名，進行「選魚」的工作，企圖心及勇氣均可嘉，對視電腦為洪水猛獸、偏偏又喜歡詩的讀者而言更是功德一件。此網站是一個很大的虛擬的魚湖，來就有機會，魚苗多就更有機會。但用一個網站之名「逼迫」所有的「小魚」前來投靠，野心和影響力比過去任何一個媒體還「可怕」，多元性略有不足、易生「網路詩帝國」的聯想，其他網路詩版宜警覺，起來抵抗，以免「多元」又霸權成「一元」，慢慢會變成網路唯一的魚網。而且從「小魚」到「中魚」的挑選過程

既辛苦又易受到質疑。因此若欲建立更具包容力、公信力的網路之「理性與秩序」，擴大漁網的範疇實有其必要。

（三）魚的年份：《九十年詩選》從一九二一年的周夢蝶，到最年輕一九八〇年的賴信志（筆名艾雲），魚齡相距約一甲子，乍看到了「曾字輩」，但時間一久，其實只是老中青三代的集合詩選。此詩選以中生代的魚群最多，約三十位，老一輩佔十五位，餘二十餘位為新世代，約佔三分之一。老中二代的詩人名單越來越不易移動，變化較多的是新世代。《網路詩選》中「年份」最大的魚是心臟科醫生莫非（一九五三），次大的是喜菡（一九五五），魚齡最小的是目前還在唸高中的織人（一九八四），他也是耕莘網路詩獎金筆獎的得主，詩齡只有兩年。魚齡最多相差三十一年，比《九十年詩選》年齡距少了一半。值得注意的是三十歲以下的（一九七二年以後出生的）即佔了五分之四。而且除了鯨向海、楊佳嫻、甘子建、李長青、辛金順、林婉瑜、木焱、林德俊、王宗仁（末二人此回未入「網」集）等少數詩人跨平媒與網路、兩面作戰外，均只在網絡上活動，因此《網路詩選》的作者們相對於平面媒體而言，全數都是詩壇新人，幾乎與老中二代的舊有詩壇斷裂成二，與過往詩社所策劃的什麼「青年詩人大展」意義完全不同，甚至絕大多數的老中二代詩人對此毫無所悉——乾脆說，無心或無力觸碰——「傳承」已受到挑戰，也可以說，新生代已另闢戰場，自起爐灶了。

（四）魚的身分：《九十年詩選》的七十七位作者中確定是女性的只有十一位，老一輩兩位、中生代四位、新人五位；比例幾乎與過去半世紀來大多數詩選相近，呈一面倒的現象。《網路詩選》的作者五十四位作者中女性應該是佔二十五位，男性二十九位，幾

乎快要旗鼓相當，扭轉了女詩人自有詩人以來長期的頹勢，目前看來這是最顯著的「突變」。但從跨平媒與網路二媒體的作者特少，其中女性更少（見第三點），可見得女性陰柔隱祕、無意劇烈拼鬥、喜歡自然而然的地母特質。而「網路」的便利、即時、和私密一如「大哥大」（筆者按：後來叫手機）和「PDA」（後來的平板筆電），使女性詩作者展現自我的「自由度」（發表了就好，其他再說）大為增加。未來更年輕的一代上來，此趨勢可能成為常態。

《網路詩選》內的題材和書寫語言，與《九十年詩選》相較，前者顯然有更濃烈的後現代氣息（當然，非所有的作者）：「所旨」模糊、散漫、倒錯、零散，對「能指」有很遊戲式、自娛式的運用能力，他們將話語及符號，以幾近「無性生殖」的方式繁衍──因字生詞，「隨機」而行，幾乎與「滑鼠所遇即是」相近。表現在詩作品上則是：精簡非其目的、詞句冗長、咒語式唸唸有辭、口語淺語盛行、迴行處處可見、像魔術一樣好玩的修辭──這些正印證了後現代社會「去中心化」、「消解正統化」後的表現模式：由本質走向現象、從真實走向虛擬、自深層走向表層、棄所指而追求能指、諷真理而只尋文本的種種特質。而這種因對宇宙虛幻之變易本質的自覺（或不自覺）──由科學而起，是非常自然的表現方式，其與前行代之著重歷史感、價值感、意義性、象徵性的形式化表現有所不同，乃極為自然的事。

但對於如此的「詩象」實不需擔心也不必急於評價，先試讀下列詩段落：「任憑記憶過濾人生／撒文字織成的網／歇斯底里地打撈影子」（林德俊〈致友人書〉，另見《九十年詩選》集，頁十一）、「豢養多個分裂的夢境／並習於將易碎的情緒／折入腦中的一個祕密凹槽／有時縮小有時放大／偶而呼喊」（許翼〈開

門〉）、「春天沒有證件／你不讓它進來／／死神說錯了口令／你開了好幾槍／／回憶是偷渡客／你押解它返回腦海／深處，不可回頭／／你的哨所前面／一片荒原／後面，也是」（王贖生〈別在我的夢境入口站衛兵〉），這些詩表現的是，既「參與」又近乎「缺席」的不確定感，幾幾乎讓人感受到「精神分裂式」的恐慌。然而，又是極端貼切於許多人的生活情境：

　　你的哨所前面
　　一片荒原
　　後面，也是

　　許多歷史、道德、傳統再也不需我們、甚至我們也無力「看守」的時代，此三句詩不正提供最佳的寫照？夜深人靜時，「哨所」還非常像一臺電腦呢。
　　對於上一代固守物的不耐，以及對自身固守範疇的無奈和隨機可放棄，在不少詩人的作品中也一再呼告：「相濡以沫是上個世紀的道德模式／我們熱衷繁複的氣象預報／詛咒無法兌現的雨訊／並且準備移民」「最初答應要無情相忘的江湖／如今正承載一整個新興工業區的排泄物」（north〈江湖〉）、「我們的靈魂脫卸了羽衣／脫卸了佯為朝拜者的刑具／不再憐惜那些仰求聖靈／匍匐陵谷的字句／我們甘心放逐於伊甸」（遲鈍〈夜課回聲〉）、「陽光刺眼但我們用力微笑／假裝一切都很好；／和每一個別人一樣／那年我們巧於偽裝成為我們以外的人」「那年之後，我們各自回到各自的箱子裡／祕密地呼吸，擠痘，敷臉／使用各種品牌的美白、減肥聖品／我們之後誰也沒有見過誰」（蟲嗅〈那年〉），這些段落中

所指的「江湖」（上世紀的道德模式）、「靈魂的羽衣」、「刺眼的陽光」，都是過去年代的價值所在，卻是今日詩人想「相忘」、「脫卸」、「不再假假偽裝」的背棄對象，而回到本真的「氣象預報」遊戲中、袒裎相見的「伊甸」內、或不需戴面具的「箱子」裡。此種離棄恢宏、神聖的法則，遵從個人內在的慾望和呼喚，竟成了這本《網路詩選》的大宗，一如李長青〈魅影〉中的兩句詩：

　　　沒有一個隱喻可供藏匿
　　　我遂赤裸著我的呼吸

　　隱喻若是追究本源式的象徵，似是他們所不屑或難以忍受的，他們追逐的是嬉戲似的換喻修辭。比如陳雋弘的〈角落〉是一典型，詩中的教室成了海水浴場，老師變成救生員；又說「音樂課本被四樓的天空打開／我們踩著風琴踏板／登上雲端」，到末了，雨越下越大後：

　　　教室大水
　　　坐在漂浮的黑板上讀經
　　　以水流的節拍
　　　伴奏嗑睡

　　　雨勢凶猛
　　　連值日生也被沖散了
　　　叫喊中
　　　課本愈流愈遠

這樣的詩作實在無關「微言大義」，但詩中卻充滿了兒童戲耍式的想像力，幾幾乎接近卡通或連環漫畫。

對於新詩傳統也不是沒有想一肩挑的人，楊佳嫻是一顯例，她的詩幾乎是兩性同體的，剛柔相濟，她的步伐比同儕要沉重許多，意象繁複、蜂巢式的心思、卻設句工巧，令人驚異，如〈記載〉第一段：

> 當暴雨季開拔了八百里
> 我們乞求唯一之身形
> 比如以黃金鑄造額頭，以銅冶鍊眼神
> 荷載時刻能夠無限承受的一付肩膀
> 誰也不能冒充這美好的名姓
> 天秤兩端，我們是
> 等重的鐵與棉花

此段詩充滿了自我期許的自信，額頭「以黃金鑄造」，眼神「以銅冶鍊」，期盼肩膀「荷載時刻能夠無限承受」，然而並非無因，乃至輕（可能指詩）可與至重（現實，暴雨季）抗衡之故。寫來穩健瀟灑，全無嬌柔之態，令人激賞。詩分六段，全無冷場。筆法是此選集中的異數。

當年紀弦提出詩的大植物園主義時，一定沒想到有一天這個花園也可以從紙上移到數位化的網路中，經由海底電纜、天上衛星、無限電波，立即與遠方的詩友或讀者互動或對抗。這個花園無處不在，是漂浮而虛擬的，因此可以隨「機」出現在你眼前。拜訪的不

一定是純粹螞蟻或蟲子似的文字，有朝一日會有蝴蝶的動畫、老鷹的翅影、螃蟹的鞋印來訪。多元的、多媒體式、乃至紙張式電子書狀的網路詩選均有可能普遍化。在未來，「詩的發生學」應是一門有趣的學問。過去、今日、以及未來詩的走向，不能排斥科學對宇宙物質和意識的認知、了解和介入。而今日正各自興發的「網路詩的渾沌大樹」，也許提供了一個切片觀察的機會。

詩的游牧年代
──《給蠶：季之莎2016年度詩選》初讀

詩是介在說與不說、火焰的張揚與風景的無言之間的藝術

　　從來沒有哪個年代像這個年代，有那麼多人靠詩活著，或者說，靠詩呼吸。他們常常自以為「詩的靈魂有天空的海拔」，老是認定自己是「被咀嚼過的靈魂」，因此「語言使不上力的」就可以「賴給午後一首詩」，不是覺得日常使用的「文字顫抖得快不能呼吸」，要不就是「生活的口吻一律偏鹹」、「只剩柔和的月光可以揉肩」，因此寧可從尋常日子中逃逸，視「寫詩即如寫命般，涓滴而亡」為再自然不過的事。[1]出現在這本詩選中詩人們擦亮文字的態度無不像擦亮生命般認真，即使只是短暫拉線的流星或閃完即逝的螢火，那又如何？

　　這些詩和這年代多如繁星的詩一樣，都被後出的詩作「往下壓」，都展現近乎「快閃」的特性，正預示了所有事物、生命、所有星辰均是不斷移動、不過是快些或慢點閃滅的游牧本質。2016年電子詩刊《新詩報》的出現及這本《給蠶：季之莎2016年度詩選》

---

[1]　所引詩句均出自這本詩選，出處依序是：簡國輝〈茶與壺〉（借用原句「茶的靈魂有／山的海拔」）、胡玟雯〈沙發〉（靈魂句）、石博進〈寶藏巖午後一場雨〉（借用原句「溪水使不上力的／賴給午後一場雨」）、溫心華〈不問〉（文字句）、劉梅玉〈濤聲〉（偏鹹句）、張文進〈肩膀〉及秀實〈陰暗與美好〉（寫命句）。

的出版，則正是試圖擋住或緩慢其去路，以蠶緩吐慢繭、最後化蛹生翅卻可能是自縛為樂的精細過程期許（見楚江月〈給蠶〉一詩），以期與紙媒緩讀的年代接軌，而不只是一時快閃而已。

1.活躍「雲端」的游牧人

　　游牧二字在這時代，已不只指在土地上搬挪或跨界遷移，舉凡心境的不安、指頭在螢幕上的滑動、旅行、城鄉移居等都是。因為這是一個「有框的無框化，有界的無界化」的年代，界的模糊或打破成了全球共識。這得歸因於科學與民主兩大引擎的推波助瀾，使得人與人、人與資訊與知識與藝術文學的聯繫和互動模式、乃至人對世界宇宙相關的細微認識，從沒有像這些年變動得如此迅捷，幾乎有花樣萬齣、目不暇給之勢，使年輕人驚喜、中年人揮汗淋漓、老年人目瞪口呆或不動如山。這是個近乎可淹沒任何傳統、扳倒任何民情風俗的資訊巨潮，使所有弱小者四處走避、不得不更部落化更游牧化，彷彿海嘯來臨紛紛尋柱尋根以自保。而詩，因著它的短小精悍，在諸多危機中總能快速浮出檯面，得以呼吸喘氣。

　　資訊影音大潮無人可擋，2005年由葉莎、季閒、柳逸合力創建的「季之莎影像文學小棧」，會有「影像」二字與文學結合，即是因應了後現代「圖文換位」的巨大變動，該「小棧」起初是地區性小規模的提供網友發表影像結合文字創作的網站，嘗試以FLASH軟體使圖文「超文本化」，不只是詩，還包括小說散文、日記、時事等各種文類，但不到十年，一朝轉移閱覽媒介（手機並不支援FLASH軟體）後就幾成廢站的衛星，其殘局只略可見（請參看網頁http://w3.twgp.com/photo.asp?ppno=1569；http://w3.twgp.com/photo.

asp?ppno=1664）。

　　「文學小棧」在2014年遷移或者說「游牧」到臉書（facebook，用戶超過15億，日傳至少3億5千萬張圖片）後，遂由社區性逐漸擴大，由於網友臉友交流的即時互動、網牽便捷，和過往圖文並茂的堅持和呈現，影響日益擴大。這些詩網當然甚夥，忽起忽滅，無奇不有，非我等所能盡知，而其發展和影響形式，幾乎與傳統主流詩壇豎立招牌的模式全然不同，她／他們的名字起初根本都不在詩刊報刊雜誌等紙媒出現，性別模糊、名字詭異、詩風奇形怪狀、或隱密或銳利，卻多數創作量驚人，成書出版常銷售一空，卻不曾進入博客來金石堂或傳統書店，她／他們對平媒的所謂主流詩人而言，像是自天而降的外星籍寫詩人，早已在網路上攻下了一大片江山。她／他們根本是活躍於「雲端」的游牧民族。

2.《新詩報》與共詩年代

　　一年前《新詩報》的偶然出現，又再度打破網路詩過度「無框化」的局面，由於無審查無節制，「面對詩橫遍野的臉書」（劉菁芬〈大雨滂沱過後〉），詩量大、詩質參差，均非常人所能應付，這是發行三十餘年的紙媒「臺灣年度詩選」始終無能力觸及的原因。而《新詩報》以電子報形式四大頁呈現，且竟敢以週刊於每周日發刊，由雪赫、季閒、葉莎等合作，週收數百首詩，仍堅持「詩寫映象」，一年下來（3~12月），刊詩545首、詩評9篇、詩人共126位，可堪比紙媒詩刊一年的刊詩量。但它的即時性、快捷性、無界域性、便覽性、圖文並呈性，均非一般平面詩刊所能達至。

　　其中主事者季閒刊詩30首、葉莎26首，顯然詩火正旺，在前引

光，其次項美靜23首、和權21首、陳靜宜18首，相對平媒詩人而言均可說創作力驚人。其中除了菲華詩人和權為知名老將外，其餘四位對平媒詩壇而言均屬「詩齡不詳」，熟悉度不足的網絡詩群，其餘即可想見。而詩量最多的前五位中女性就佔了三位，她們在網路上的活躍度充分反應了男性主導的主流社會外的游牧特性。在平媒詩壇女性一向不足五分之一甚至更少，網路詩壇由於自主性、非可控性、隱密性、不必相見的特性，使女性詩作者得以優遊自在地游牧其中，這顯見網媒與平媒是相隔多麼遙遠的兩大詩群，而且網媒的群落之廣之無遠弗屆的能量和爆發力早就有後發要先至的架勢了。

將詩篩過，整理美編虛擬出刊，又可快速電子給全球華文讀者，此週報形式正作了開山示範。這完全要感謝具體而微出現在每個人面前、小到僅餘一本書之三分之一的四、五吋智慧型手機。回頭想一下，曾幾何時，每個人拿書拿報紙拿電話看電腦瞪電視玩電動乃至採購家用的方式和機率竟均統合於一支手機上，離數十年前書店林立、報紙一二十家的年代，又何其遙遠了。詩在這樣的世紀變動中，竟開始成了一種新的呼吸方式，精簡了蕪雜的日常語言、俗事沉降於此、不滿化為割喉刃、美事美景圖詩並呈、心境又得共享，「共詩年代」已正式來臨了。

因此我們樂見《新詩報》的出現，未來「臺灣年度詩選」要擴大的它的視野和影響，首先就應把《新詩報》的詩作納入重要的選錄範疇。

今年春《給鹽：季之莎2016年度詩選》結集出版，收詩138首，約占原刊詩四分之一，幸好皆是短詩，質頗可觀，詩人住地也涵蓋大陸不同省份、菲、越、美、加、法、新加坡等不同區域。但

詩的質地仍是首要，此詩選已是二度篩檢，當然一定比一般網路詩作更值得細讀。

3.往返於表露與隱藏之間

這本詩選與他種詩選最大的不同是以十幾行以下的詩占最大宗，而當初徵詩又以親民性、避晦趨朗的原則選詩，因此較無令讀者難以卒讀的痛苦感。加上女性作者甚多，對人與人尤其兩性間的互動甚為在意，因此情詩不少，但也有筆調輕鬆、幽默調侃的、注意環保生態的、關心社會事件、身心靈安頓的，光是女性詩人的佳篇就甚可觀。

其中女性詩裡表現的不安感、剝離感、游牧感特別顯著，而詩又是自日常語文中游牧出去的展現形式，常以可此可彼、是此是彼、非此又非彼的虛實不定、曖昧地呈現。而女性只要他嫁，娘家已非家、婆家也非家，若不嫁又幾乎無處可居。此種社會制約對女性形成極大的壓力，無處可住絮，幾乎是她們一生的極大困境，只得在養兒育女中迷藏自身，直到一朝醒來，找到的不是小說就是詩。

比如溫心華的〈不問〉一詩：

> 我不問，天空為何像書法一樣的沉默
> 我不問，你的眼眸為何暗藏一隻野貓
> 我不問，雨非雨的內部原理
> 我不問，嘴唇與舌頭的深奧美學
> 我不問，一支筆如何會為白紙吐出黑血

我不問，你的詩是否願意成為憂傷的易碎品

文字顫抖得快不能呼吸

詩僅七行，「不問」是想問又不能問、不敢問、也無人可回答，但詩中都已經問了。詩中的我和你有點對鏡或對紙的自問自答，不問就使文字抖得不能呼吸，一問還得了。前四行是生活所得，天無言、野性原力仍在、表象非真、欲望令人著迷，其實結果是悲慘的，真正要說的是五、六兩行。文字成了要救贖的載具，其承擔可謂重矣，能不顫抖？此詩說的是人無所歸，想要藉文字游牧、自助救濟的心理糾葛。

又比如下列幾位女性作者所寫的：

游牧的靈魂說要去遠方／為了那縷炊煙／／你在詩裡醞釀遠方／我在詩裡尋找故鄉（項美靜〈我欠遠方一個轉身〉摘錄）

我胸口未吟唱完的詩／你就這麼 急於揚帆／連鎖在衣櫃 懷舊的影子都一併帶走（錦兒〈知秋〉摘錄）

四野荒涼被調色／深藍淺紫，許多波瀾／／大寂靜和大寂靜並肩／坐著，誰也不必開口／詩就遠遠奔來（葉莎〈在大埔〉）

一座偏遠且瘦弱的夢／在最白的夜晚／用真理的刺／戳破寂寞的風景（劉梅玉〈刺鳥的月〉摘錄）

均幾乎直指人與人互動的困難（項美靜）、情難倚靠（錦兒）、無家可真正住棲，只有土地、自然不說就說了很多（葉莎）、和面對詩的真實（等於「真理的刺」，劉梅玉）是自我拯救的筏或載具，而孤寂感無可免、也不必逃脫。當然沒之在〈無常〉一詩結尾說：「若無愛一切就是無常」，女性有無常感比男性強烈許多，男性常靠名利遮掩耳目，女性有愛，無常仍在，只是較堪忍受、而且願為此受苦吧。

　　此詩選中菲律賓和權〈一張照片〉寫的是日本人抗戰時以刺刀挑嬰的歷史畫面：「被刺刀／挑在半空的／嬰兒／沒有啼哭／／卻至今／仍然清清楚楚／聽見淒厲的／靜默」，冷靜而令人不寒而慄。沒之〈髮夾那彎〉以自己長髮為例也需髮夾彎，以諷刺社會政治的荒腔走板：「我開始留起長髮／讓那兩片緊貼著的黑鐵／緊緊夾住在眼前紛飛的髮絲／／讓它們無從遮掩從前不肯正視／／但其實正確的偏見……」，不肯正視的想遮掩、偏見強說是正確，諷刺得相當含蓄。而如林姿伶的〈山寨神‧偷〉、寧靜海的〈浮生何處不飛花〉、千泊的〈蝸牛〉則幽默感十足，又兼有與當下現實的人事物對映的趣味性，近似新詩的卡通版。

　　有些作品有諷喻性、有些給人一種無聲的安靜感，比如：

　　　你，站成一根針／刺向諸行無常的天／我，趴在諸法上／是
　　　你最底層將碎未碎的／／磚（季閒〈塔〉（禪誤系列3））

　　　屋簷下／誰伸出手／觸摸了一地／／雨，來不及收走的聲音
　　　（羽蝶〈憶〉摘錄）

風是行腳的僧人／穿梭在樹叢與花影／／我學習青草的打坐
／輕輕閉目黃昏在眼簾外／更黃昏（陳靜宜〈聽禪〉摘錄）

　　季閒的〈塔〉或有歧義，既有佛義又有政治嘲諷性，什麼形式
的塔也未明講，我的存在就有了不堪的屈辱或生命無常感的分歧。
羽蝶的〈憶〉有童真感也有不堪回首之憶，陳靜宜〈聽禪〉寫的是
自然中靜坐的寧謐感，這些無非當下體悟，嘗試以文字表露。

　　但能說的經常只是小部分，不說的往往更多，這也是這篇推薦
序僅能有限舉例，更多的只能有待讀者細細品讀、心領神會了，如
下列二位所寫：

習慣解讀心事的字跡／曖昧地噤聲／／玫瑰花微笑的把答案
／握在手上（王婷〈習題〉摘錄）

真理不會以火焰之姿吶喊／只試圖定格為街角的風景（明靜
〈詩理〉摘錄）

　　解讀是說，噤聲是不說，微笑是表露，握住是隱藏。吶喊是
大聲說出，風景是留給自己看。詩就是介在說與不說之間、表露與
隱藏之間，火焰的張揚與風景的無言之間的藝術，往返於白天與夜
晚、夢與現實，來來回回游牧，永遠不可也不肯住紮。

沒有誰是誰的國王
——序《新詩二十家》

詩壇青壯一輩的作者群在耐心等待多年後，於焉登場

　　每一時代的詩人都有他們的幸與不幸。

　　在臺灣上空耀亮了數十年的前一代詩人（多出生於二、三〇年代），是從戰火的灰燼中逃出來的一群。他們長年在戰爭與鄉愁的噩夢中游泳，於傳統與現代主義的漩渦中奮勇掙扎，由於前無擋者，使得他們年紀輕輕就能在「現代化」的旗幟下，獨當一面，放膽實驗，為海峽兩岸的詩史創建了輝煌的一頁。他們彼此之間溫馨長存的友誼，熱情、堅毅，甚至磨頂放踵、但理念不合則壁壘分明的行事風格，提攜後進不遺餘力的雍容氣度，以及至老寶刀猶亮的千鈞筆力，在在都為後輩詩人樹立了難以企踵的詩人典範。他們的作風也代表了農業社會正式結束前最後一批讀書人的典型。

　　而出生於光復後四、五〇年代，成長於六、七〇年代的詩人們，則是顛晃晃從泥巴裡或水泥地上爬起來的一群。他們的童年仍拖著一條或短或長、屬於農村溫情風的辮子，身上烙印著父母或家國恨海情仇式的咒語或胎記，他們的求學階段則陷落在大鄉土與小鄉土硝煙瀰漫的炮火流彈中，他們的青年或壯年則一頭栽入現代與後現代互為經緯、科技與資訊五光十色密集交織的蛛網內，難以脫

身。他們之間的友誼像他們稀少的來往信函，多數似有若無，他們的學歷完整、知識豐富，但感情則百味雜陳、鹹甜難分；他們的熱情像提著水桶站在樓梯上不知要提上或提下，不知要澆到彼岸或灌溉於此岸。他們自始至終都在學習寬廣心胸，學習模糊那老舊落伍的道德感，學習讓眼珠到宇宙深處打轉，學習解開一個又一個的猶疑和迷惑。他們站在世紀的分水嶺上，一手舊，一手新，擔子的兩端，一桶水，一桶火。

不像他們的前輩詩人那麼幸運——能在臺灣詩壇上空燦亮得那麼久，上述四、五〇年代出生的詩人群一起初面對的星空就異常擁擠，他們付出了等待和歲月，努力地想把自己嵌入詩的星譜內，他們不斷地變幻光度和閃爍的方式，希望引起觀賞者的注意。直至這幾年，他們才明顯地擺脫了前輩詩人光影的遮掩，有了自身的軌道和譜系。然而，這一代詩人進入九〇年代後卻又發現：由於德先生（民主）與賽先生（科學）高速率的良性競逐，人類的心靈和視野在世紀末已獲得空前未有的解放和寬廣，人與物互動、模擬的各種實驗性和可能性，都以驚人的躍進加速衝破千百年習以為常的道德、倫理、政經國界、種族區隔等各種藩籬，這些都深深牽動、震撼了詩人所關注的「人」、「自然」、「社會」的舊有秩序和關係，開始進入一種充滿挑逗和挑釁的進程當中。相對於年少時所信仰的某些東西，他們不得不醒悟，這時代，再也沒有誰是誰的國王，這已是一個不需要大師、也不需要英雄的年代，這是個隨時在切換大師切換英雄的年代，許多昨天受到尊崇的準則明天可能被張貼成笑話。他們不得不比他們的前輩詩人「冷靜」一些，「冷淡」一些，「調皮」一些、「遊戲」一些，把自個兒的熱情蠶吐成繭，暗夜裡好鑽入其間取暖，他們似乎有著不甘心的「孤獨」，擁抱著

一種無奈的「美」，他們的上半身工業，下半身農業，上身冷，下身熱，左手政治，右手文學，常常上下左右相互指摘、調侃、爭論不休；不同於上一代詩人的熱情和堅定，以及新新人類一代詩人的冷酷和自我，他們本身就水火不容，且根本是這世紀不同年代不同影響雜揉後矛盾的複合體！

由以上所述，或可讀出，戰後世代詩人似乎有著隱微難忍的激情、和稍顯高亢的激憤，這使得他們的詩作不論在取材和表現上都有別於其前輩詩人，比如下舉數項：

1. 關懷視野由遙遠而切近：前輩詩人由於所處年代之政治禁忌特多、以及現代化本身的追求和索源，在他們的詩中不免充塞了「遠方」和「西方」，夢土上的城堡、草原、沙漠、上帝、十字架、威尼斯、里爾克……等字眼經常出現在他們的詩作裡。那時候詩人浪漫理想的目標不是屬於中國即歸於西方，浪子式的抒情風和晦澀難解的內心剖析，便成了那時期的流行風尚。到了戰後這代詩人，則寫實風壓倒超現實風，四處亂刮起回歸現實的論調，詩人的視野拉回到當下所處的情境和生活，對政治、社會的不滿、批判和調侃，對生活本身內涵的粗糙面和引發的深切思考，以及對現代都市在變異中自我處境的憂慮和質疑，乃至對弱勢族群、瀕臨滅種動植物的困境之追究等等，都成了詩人長期關切的目標。

2. 取材選擇由保守而開放：戰後一代詩人在他們寫詩的後期，由於正處於臺灣乃至全世界政治經濟等大環境全面紓解開放的時期，因而也使得他們的作品取材已幾乎百無禁忌，舉凡批評政府、國家元首，描述身體性器官、同性戀的心路歷程、女性自覺意識、歷史敏感事件、情慾、宇宙奧祕、科幻、先進科技、卡通、漫畫……等各種可能的題材，不論觸及的是光明面或陰暗面、道德或

不道德、是或非、政治意識形態的攻或防，均盡成了詩人筆力掃射所及、概可運轉自如的範疇。

3. 語言風格由不變而多變：在過去，一首詩的語言氣味究竟屬於何位詩人所有，大概均可猜測得出。而戰後世代詩人的作品，由於所觸及的題材範圍極度寬廣，有的詩人就常不只使用一種語言手法，由極文言到大白話、大方言，從實驗性強烈的意象表現到仿如剪裁拼貼的報導性文字，均可能出現在同一人的詩集當中。他們宛如變色龍，在植滿各式林木的生活中穿梭，經常因時制·宜變換著身上的彩紋，且以此自娛娛人。

4. 形式運用由單純而繁複：戰後世代的詩人群部曾是各類詩獎形式、各式流行詩體的倡議者或追逐者。他們的詩作形式變化繁複，較其前行代做了更多令人眼花瞭亂的試驗，他們的作品從數百行到數十行，由數十行到兩三行，詩的形式從自由體、散文體、迴行體、十行體、十四行體、五行體、古詩新詩交叉體、四言體、圖象詩、小詩、組詩、論文體、錄影詩體、上下文集合體，以至方言詩……等等，真的是名堂眾多，不一而足，其勇於嘗試變換的勇氣和膽識，令人嘆為觀止。

本詩選所選新詩二十家，乃本集主選人先行提出三十餘位詩人名單，再經由本套書全體編輯委員充分交換意見、討論溝通後做出的決定。某些詩人由於在其他文學領域表現得更突出，而不得不依本套書的「遊戲規則」予以割愛，有些詩人則或由於重疊性稍高，或由於年事猶輕、尚值期待，而未予納入。而為本集所選的二十位詩人，相信均為一九四六年至一九六六年出生之臺灣詩人群中的代表人物，而集中所選作品應也是該詩人之部分代表作，但不得不承認，某些作品所以選入實與選者本身的品味，兼及考量讀者立場有

關，比如詩人的作品並未按年代排序，第一首均採用小詩，有的組詩只選用其一等，或與入選詩人的意願相違，於此對作者一併致上歉意和謝意。此外必須說明的是，集中有百分之九十以上的詩篇均為其他選集所未曾圈選過者，除了可增寬詩人作品的光譜外，同時也避免成為其他詩選的再選集。

過去戰後世代詩人在前行代詩人光環的過度「照顧」下，始終無法以原有的亮度發光，本選集的誕生一方面代表對戰後世代詩人多年來在詩壇後場默默努力的肯定和致敬，一方面也宣告，詩壇青壯一輩的作者群在耐心等待多年後，於焉登場。

時代的剪影
——序《新詩三十家》

歷史和鄉土、邊界和意識型態已變成可笑的事物

1.

　　若要以「一字」形容這十年的臺灣，或可借用向陽兄一本詩集的名稱，就叫做「亂」。其肇端，起於族群間溝通方式之彆腳、語彙之乏味、和焦點誠意皆毫無交集所致。此「無交集」，也正好表現在新世代詩人與前兩代詩人之間，幾幾乎形成斷裂，但幸好還有一點點藕斷絲連（前兩代詩人的詩還會「被動」或「主動」地post上網），且幸好使用的是詩。

　　可以預見，當政治人物還沒開始使用詩、利用詩、傳播詩的一天，上述溝通的困境就很難改善。其原因不妨陳述一下，也可間接看出選在這本詩選中的詩人當下的感受、心境、和可能的表現題旨。因為詩人用詩記錄的，正是是時間逼人的陰影，能留下的僅能是複雜時代輪廓似的剪影，自然就會和人與人、族群與族群之「溝通不易」有關。

　　以語言文字溝通，本是詩的職責之一，雖然它的表現方式採取的是簡潔、曖昧的方式，卻也是最自由、最美、最「包容」的方

式，不必說破，卻又已說破。而溝通不易，正是人與人互動的最大困境，男女如此，親子如此，政黨如此，族群之間、不同宗教之間，更是如此，即便人與物的互動亦然，誰對家中的貓和狗，又有多少了解呢？這是人與人、人與物的必然隔閡，是世間任一事物都「難以被窮究」的宿命，詩是試圖挑戰這宿命的最佳方式之一。

而此「溝通不易」，也正是臺灣三代詩人多年來最大的憂心，因為這也使得許多狡詐奸佞者、獨裁者、玩弄民瘁者有了操弄的空間，也才有泛濫到不行的兩性糾葛、親子問題日日見報，情場老手乃能騙財騙色，政黨乃能利用惡鬥謀取不當利益，政客多年來更是在族群議題「上下其手」，玩盡老百姓的幸福和前途；而幾年來詐騙集團騙盡全臺灣，以電話和手機的攻勢深入全臺各家庭，上當破財毀家者不知凡幾，有公權力的當局卻完完全全束手無策。但只見政客和政務官利用選舉和意識型態大耍弄各家媒體，正名遊戲、爆料、和指控的記者會無日無之。詩人處在其中，能不憂心？能不予以批判、和嘲諷？

詩一開始，是在腦中迴轉，以語言形構，以文字擋下，最後才自嘴巴吟誦出，這與「只剩一張嘴」的臺灣多年來的奇異現象迴異其趣。「以一張嘴巴治國」、「以一張嘴巴玩弄媒體」、「以一張嘴巴操控族群」、「以一張嘴巴詐騙全臺」、「以一張嘴巴騙財騙色」、「以一張嘴巴打遍天下無敵手」，在上位者帶頭示範，在下者更是肆無忌憚，沒有英雄的時代沒有英雄也就罷了，但見跳樑小丑、逢迎拍馬屁者、沾沾自喜者比比皆是，農漁勞工、莘莘學子全無價值典型者在前引導，社會氣氛低迷無力，這是臺灣八載，不，應說是二十年以來，人人必須承擔的共業。我們的詩人無一倖免，只是正在或覺艱難、或暗自慶幸地渡過。

詩人在這樣低氣壓的時空環境中,雖然無法全然得知其他人的心思,也無法更無權代表其他人任何人說話,於是只好透過自我投射的方式,在語言與語言的狹縫中苟且喘氣,借穿針引線,暗示或明示地縫補時代的漏洞,將多年來令自己吃驚的、憂鬱的、以及快要承受不住的,透過詩鬆綁、折射、釋放出來。這也是前面會說,可以預見,當政治人物還沒開始使用詩、利用詩的一天,上述人與人、族群與族群溝通的困境就很難改善。君難道不曾聽聞過:衝突矛盾是可以「美」、以「創意」、乃至「歌」以「詩」競賽化解的原住民和第三世界的部落曾有過此傳統嗎?臺灣詩人已為這可能留下可觀的詩作(當然包括這本選集),正等待著眾政治人物的覺醒。

2.

　　一九九五年,厚達一千三百餘頁的九歌版《新詩三百首》上下兩冊出版,選入詩人二二四家,詩作三三八首。該選集雖由臺灣兩位詩行家張默與蕭蕭合編,且以高達一半以上的臺灣詩人詩作為整本選集的主幹,一九四九年後的大陸詩人也僅選入四十六家,這是歷史現象和趨勢使然,所選詩家都尚稱公允,大陸學者或詩人恐暫時很難大幅度更動這樣的版圖。目前被稱為「中生代」的詩人在該選集中至少占了一半要角,他們多數雖然在七、八〇年代即活躍於詩壇,創辦了諸多詩社,當時活力最旺的詩社皆出自他們之手,接二連三提出許多的主張、宣言、和口號,喊得震天價響,博得許多報章雜誌的大幅版面。這些「中生代」之中的二十位,後來即構成《新詩二十家》一書的主角們,也是近二十年來臺灣詩壇的主力。

亦即，十年前出版的《新詩二十家》選入的二十位詩人（從李敏勇到許悔之）都曾被選入該九歌版《新詩三百首》中，他們被稱作「戰後的一代」，自一九四五年出生起算，包含其後約二十載的一代詩人（僅許悔之是一九六六年出生）。十年後的今天，《新詩三十家》擴大規模，依然自「戰後的一代」開始，此時已延長至一九七八年出生的楊佳嫻，包含縱跨三十餘年的兩代詩人。《新詩三十家》新增列的詩人中有簡政珍、詹澈、路寒袖、孫維民、顏艾琳、唐捐等六位，當時也曾被選入九歌版《新詩三百首》，而《新詩三十家》中另外新增列的陳育虹、李進文、紀小樣、陳大為、鯨向海、楊佳嫻等，則是當時尚未被選入《新詩三百首》中的詩人。除了簡政珍、陳育虹、詹澈、路寒袖、孫維民等幾位均出生在五〇年代外，其他新增選的，基本上都可歸於或貼近於新生代詩人。

　　臺灣文學之本土寫作路線，起自鄉土文學論戰（1977年4月~1978年1月），族群認同、統與獨問題即自此逐步展開，在九〇年代之後成了壁壘分明的兩極光譜。由於本土文學的風氣逐漸轉折而上，中生代詩人在選材時也自然向現實主義、本土性題材傾斜，但也只是一明化為暗（大鄉土）、一暗化為明（小鄉土）的轉換罷了。中生代詩人中屬於臺灣本省籍的詩人因有關「土地」作品大量被引用，當然受到極大的鼓舞，其他詩人創作的方向不免也受到程度不一的影響。另一部分中生代的詩人則因認同問題的困擾，乾脆遠離政治社經議題，躲入浪漫抒情的氛圍中。

3.

　　年輕的新生代詩人在認同上的困擾就較少。這也使得他們能輕

裝簡從，輕鬆就跨越許多可見或不可見的所謂「界線」。一躍，就蹬上了網路，縱橫自如於無何有的網路世界。

網路是從上世紀九〇年代中期後開始興旺，能自由出入其間、上網活動的詩人均是青春年少者，且好以任意代稱為筆名。除了少數特別活躍的詩人外，比如《新詩三十家》中選入的蘇紹連（網路筆名米羅卡索）、顏艾琳、鯨向海、楊佳嫻等四位，其餘二十餘位都不能算是網路詩壇的常客。亦即能跨平媒與網路「兩個詩壇」，進行兩面作戰的詩人實不多見。

新世代詩人是在資訊環境快速進展下成長的一代，他們也是能將「詩的自由性」發揮到極致的一群。他們早就卸下中壯一輩沉重的歷史包袱，離前行代念茲在茲的鄉愁更為遙遠，甚至不知其為何物，離大小鄉土本土國土之爭就更有莫名其妙的感受。新詩來到他們這一代，似乎有了極大的轉彎，歷史和鄉土、邊界和意識型態變成可笑的事物，但他們也不會反對，因為那是完全不同的思維系統。「我的戶籍是世界，我是一個世界公民，只是恰巧住在臺灣罷了」，這種類似大前研一（Kenichi Ohmae）「無國界」理論的說法，已經流行很久了。

也因此，無關界線、一心要打破界線、模糊掉界線、或者「作掉界線」的「身體詩」、「情色詩」、「同志詩」、「圖象詩」、「數位詩」、「動漫詩」、「影像詩」等等超越現代主義、偏離現實主義的詩作或作品，成了年輕人的創作常識，和可任意多元選擇的創作方向。而現代主義恰是活躍於五、六〇年代的前行代詩人的創作主軸，現實主義又剛好是活躍於七、八〇年代如今叫中生代詩人的關懷核心。

不想代表這代表那，但又沒有比較冷酷，從不想被誰所阻攔，

只是要把生命賦予的能量運行得更自由和更有力道罷了；可以極端自我，也無妨極度地自嘲，卻又能顯現出純潔、冷峻、閒情、和幽默的心境，是年輕一代詩人越來越明顯的語言風格。這是不同時代的不同剪影，完全符合新舊世紀轉換的原理。

或者說，由大陸來臺的前行代詩人一生所繫的鄉愁，中生代詩人詩中所關照的大小鄉土，到了新生代詩人，卻能伸手就將鄉愁和鄉土輕輕舉起，按鍵一按，即輕易將它們「送入」網路中運走了。《新詩三十家》所選包括了中生代詩人的精英、網路新生代詩人的抽樣，雖限於篇幅僅能各選五首，但應該不難看出這兩代詩人風格迥異的時代剪影，當然包括對這十年「亂」的嘲諷和批判。

站在詩人的肩膀上
──《新詩讀本》導言

詩到後來竟像魔鏡，預見了人心靈底處可能的褶痕究竟何等複雜

前言

　　沒有哪個文學名詞會如同「詩」這個字，需要一再地對它下定義，幾乎每一個讀過詩的人很難不曾在心中起過疑惑：「那麼究竟什麼是詩？」而凡是寫過詩或塗鴉過詩的人，幾乎都曾以精簡的一兩句話對詩作過「自以為是」的歸納。龐德說「詩即謎語」，又說「詩是感情的方程式」；「方程式」按理是來釐清所思所感的，卻出之以「謎語」，豈非「折煞」讀者心思。桑德堡說「詩是一扇門一開一闔之所見」，開是想讓人看，闔是不讓人看，如此讀者始終處在窺看之境，人人產生不同的「映象」，詩意因此而生。但任何詩人均不曾因此停止他們的「詩是說」。

　　臺灣年輕詩人紀小樣即至少對詩下過十幾個「自覺過癮」的定義，比如「詩是叛徒最多的宗教」、「詩是頭皮屑，角質化的思想；在某些年代是白犀牛的犄角」、「詩是海洋，渴望在最深處裡擁抱一隻蒼鷹」、「詩是諾亞方舟裡，唯一一隻找不到異性的野獸」……，他其實不在對詩下真正定義，而只是以詩註詩、自問自

答，甚至連答案何以「長成這樣」，都仍在半信半疑之中，卻不免陶醉似地樂在其中；而且可能一生都會持續「氾濫」下去。也可以說，讀者和詩人畢竟不同於專家學者，他們對詩本質和「性格」的關注，遠多於詩的歷史和傳承。那微妙游動、幽微閃爍的感受，看來不像學習而得的，更像是人人身上皆有、與生俱來的本能。

然而弔詭的是，最斥斥計較於它的「傳統」和「未來」的文學，竟然就是詩。舉凡文學的革命、危機、或轉機，甚至誕生或死亡（？），無不由詩開其端；經常一篇「危言聳聽」似的宣言、幾期很快「壽終正寢」的詩刊（比如《風車》詩刊只辦了四期）、乃至幾小時偶然的小聚，可能在詩壇都會引起軒然大波或吹皺一池春水，對後來詩的走向產生決定性的影響，這些往往可以堆疊成龐大的詩之史料。詩人的「隨機性」創意、靈感（比如張我軍因「苦戀」而寫《亂都之戀》），或發難或轉向的「不確定性」行動（比如賴和及楊華後來不再寫新詩改寫舊詩），因勢而變、飄蕩難測，正是人心最正常不過的表現，也是宇宙對人類最奧妙的賜予。然而對於詩的傳統和歷史，論者多矣，幾乎所有新詩選的序或導言總要「長篇大論」、經常多達數萬言地回顧一番，一方面顯示論者豐富的學識，一方面強加歷史或個人好惡於詩的前面，常常嚇壞習詩人的胃口，而其實還不如兩頁到十頁的「新詩大事記」來得清晰、以及研讀幾個重要詩人的作品更容易讓人「心知肚明」。

因此對於「新詩讀本」這樣一冊敲叩新詩大門的選集，編者更期望讀者從詩的文本中獲得「喜悅」和「智慧」，甚至「引誘」出創作的可能和樂趣。赫曼赫塞說：「寫一首壞詩的樂趣甚於讀一首好詩」，何況長篇累牘的詩的歷史？其樂趣豈非差去遠矣？那何妨先等讀了很多好詩、了解或模模糊糊約略明白了什麼是詩、乃至已

經塗鴉了幾首小詩後再說呢？赫塞要說的其實是「人心的可能」、「創造的可能」、以及「人人的可能」。

　　以是，若對「詩為什麼發生」有興趣的，可以續讀下列第一節（人心的可能）；對「詩的小史」勉強可接受一二的可讀其下第二節（創造的可能）；對「詩的創作活動」尚想認識一下的無妨瞄一瞄最後一節（人人的可能）；否則請暫且就此打住，即可直接展閱詩文本。

1.人心的可能：詩人的肩膀如何站起來的

　　在還沒有詩之前，人類應該早已會使用音樂、舞蹈、繪畫、雕塑、建築等藝術來表現其內心的感覺。他們充分使用了天生與俱的右半球大腦的感性功能，以這些形式呈現的感受，其實已有「詩意」隱藏其中──那是人人心頭皆有、卻說不清楚的什麼。而當人類發明了語言（可能是四萬年前，文字則約六千年前），即開始進入左半球的理性領域，因為語言是透過學習和記憶而得的，具有制約性和變遷性，因此當欲以左半球的語言媒介傳達右半球的藝術內容時，不得不出之以「詩」──曖昧游移、渾沌模糊的語言──剛開始可能是咒語或禱詞，希望藉此「清楚」或「稍微清楚」地表達與音樂、舞蹈、繪畫、雕塑、建築等所欲呈現的相近內容。而因音樂繪畫等等藝術「從來就不在說清楚什麼」，因此「詩」之常常會陷入「說不明白」的困境，像「謎語」，「一開一闔」，而美卻就在其中，豈非較易理解（而且充滿詭異的神祕特質）？

　　因此或可說，詩之出現就介在眾多早期藝術形式與後來的科學文明之間，是人類從右半球向左半球大腦橫跨時產生的第一種文

學形式，也是一種普世皆然的藝術媒介，即使沒有文字的民族竟也有綿延不絕的詩歌。它代表了宇宙賦予人類的創造本能並不具區隔性——只要有人類的靈性存在，詩即存在，各式各樣的創造力便存在，它展露了人對既存事物（包含藝術文學、科學）的不耐、恐懼和無窮抵抗。下表（參見拙文「為什麼會有詩」，國語日報，2001.4.25）或可看出詩的殊異性：

人腦	頻繁使用的年代	特性	各半球偏重的表現形式（注意偏重二字）	併用左右半球的表現形式
右半球（管左半身）	至少數萬年（可能到數十萬年）	圖象的（非語言的）、綜合的、直觀的、非線性共時處理資訊、非因果的、類推的、軟式的思考	音樂、舞蹈、繪畫、雕塑、建築（不需翻譯）	詩（文學、戲劇、電影）（詩不易譯）
左半球（管右半身）	數千至一萬年（或不止，使用語言至少四萬年）	語言的、分析的、邏輯的、判斷的、線性歷時的處理資訊、概念的、因果的、理性的、數理的、硬式的思考	數學、天文學、物理學、化學、生物學、心理學等（易翻譯）	

「前言」中所提「詩是感情的方程式」一語（龐德），正恰巧表達了此種併用左半球（方程式）與右半球（感情）的表現方式。對詩人而言，感覺是第一性，理性是第二性，創作時理性是次要的，被刻意壓抑的，卻又必須使用「出之理性範圍的語言」作為媒介，宛如火中取栗、風雪中飛行，其亟欲獲取一種永恆的秩序感——如方程式般可以再現和驗證，幾乎是一種「不可能的任務」。但對科學家而言，理性是基性，感覺是次性（伽利略語），以準確顛撲不破的「方程式」表達宇宙間物質能量生滅和運轉的現象、解開大千世界的各種奧祕，是數百年來諸多科學家奮勇追求的目標，

但今日心理學及大腦神經學、基因學的研究已讓我們慢慢明白，最難解開的方程式可能就在人身上，而人會寫詩愛詩可能是宇宙最神奇的奧祕之一，宇宙似乎藉助人的此一能力展現，彰顯自己的奧妙和神奇；而且「詩」的此一現象有可能是全宇宙性的，如果還有別的地球存在的話（可能有無數個地球）。

　　「感情的方程式」是想「究竟」人心是怎麼一回事，「科學的方程式」是要「究竟」大千宇宙終極的模樣。不論何者，每個時代皆有為數頗眾的詩人和科學家分頭投注其中，而且是如此地鍥而不捨。它們的目標和終極關懷有可能在未來趨於一致，發現彼即此、此即彼。而人之所以要由右半球跨入左半球大腦，以詩表現情思，按照黑格爾的說法（見《美學》卷四）是因可以藉此擺脫物質的束縛，擺脫雕塑建築龐大立體的物質束縛，擺脫平面繪畫的顏料線條的束縛，擺脫音樂的點的跳動和不同樂器的束縛，只餘語言的聲音、文字的武斷符號，以之引起觀念、間接引發情感，「末了只在思想和情感的內在空間與內在時間裡逍遙遊盪」，「愈不受物質束縛，心靈活動就愈自由」，這是理性主義者的思維模式，也是將左半球的理性等齊於右半球的感性，好像可以自右半球大腦暫時抽離逃脫，氣喘吁吁站在左半球，隔著河回頭欣賞自己在右半球的所感所想，重新整裝，蓄勢再發；以是「詩藝術這種自由對每一種美的創造都是必要的」、「故可流注到一切類型的藝術裡去」。脫身後再重新投入，能力似乎超乎從前。詩的這種「能量」和「能耐」說明了「人心的可能」，間接說明了詩人挺起的這座「肩膀」具有神祕性乃至「宇宙性」。至於詩是不是真正有這種「高度」，仍有待未來更多科學的解釋，也或值得讀者在「讀詩」、「寫詩」的行為中，仔細去辨認、追索、印證。

由於詩是語言的藝術，所假借者少，因此欣賞時要較造形藝術（繪畫、雕塑、建築）、表演藝術（音樂、舞蹈）、綜合藝術（戲劇、電影）等自由許多，也較不易受環境控制；其次，物質束縛大者難度更高，能參與創作的人口也少，但欣賞的人口反較詩（文學）多，乃由於知性條件較高（併用左半腦的語言）；也由此，可以透過學習觀摩，參與詩創作的可能性也比其他藝術容易。此外，物質質量大者（尤其是電影），引力越大，詩（文學）較易予人自由感，也因而「看守不易」，最易「地下化」，且通過知感兼具的「努力」，比起其他藝術就更具潛移默化的力道。（參見拙著《煙火與噴泉》之「媒介轉換」一文，三民，1992）

　　另外，上面諸多的表現形式中，凡右半球的形式均無需翻譯，是透過直觀的感受即可傳達；而左半球的形式均需翻譯，其失真率還不太大；只有併用左右半球的詩表現形式最難翻譯，其失真率非常驚人，尤其是古典詩歌的翻譯，常達至不忍卒睹的地步，這也是詩歌出現時常會伴隨音樂或戲劇，後來的詩不再負載記錄歷史的責任、以及小說戲劇電影等會越發達、詩會逐步走向自由形式的原因。然而，其失真率即使今日現代詩的自由體形式，仍然有諸多語言之美和奇魅處，無法透過翻譯傳遞，詩中的方言或同一國家中不同族群之間的詩作亦然，何況是國與國之間詩作的傳譯。百年來的諾貝爾文學獎以頒給詩人與小說家為主，人數不相上下，幾乎每隔一年即有一詩人得獎，其熱鬧的程度往往不如小說家，即在於其曖昧虛實之間的某種美或原力無法以原貌、透過另一種語言精確地「傳真」。偏偏科學上的「精確」一詞，往往是詩最避之唯恐不及的。

2.創造的可能：臺灣詩人如何高聳肩膀

　　詩處在藝術與科學之間一個奇妙的地位，它是兩個領域之間一個飄忽不定的形式，雖然採用的是語言，卻又只能意會、難再以其他媒介精確傳達。它是萬物與人心靈虛實互動、靈感與語言隨機運作後的產物，它的奧妙往往在意與象、情與景、精神與物質、抽象與具體、隱與顯、有與無、乃至奇與常、正與反、吸力與斥力……等等的相生相剋之間（參見拙作《一首詩的誕生》之「意象的虛實」四篇，九歌，1991），簡而言之，詩具有「曖昧」的特質。

　　而臺灣的尷尬位置以及它數百年來多舛的命運，幾幾乎與「曖昧」二字同義，這也正好與近代科學理論中最重要的「天演論」與「量子論」中所揭示的觀念若合符節——前者說明了萬物「隨機性」碰撞演化的特質，後者說明了光之波粒二重性的「測不準原理」或「不確定性」。亦即生命及質能之間若非時時處於無窮的碰撞和變動之中，宇宙將趨於死寂。

　　這兩項本屬於質能轉換的、「宇宙性」的特質，在「詩」上正巧以語言和創意（具「隨機處理」的特質）、內容和形式的有機成長（確定的粒子般的語句中卻具波狀似「不易確定之美」），予以充分體現。

　　臺灣以其特殊「邊緣化」的地理位置，由於始終「妾身未明」、「無法確定化」的政治事實，使得它自一九二〇年代後的文學進入一種詭奇的氣氛，幾經轉折，終於在二十世紀的後半葉，開花結果，發展出迥異於其他華人地區，也是所有華人地區最豐盛的詩的果實。當其時，知識份子的危機感特別深重，優秀的青年熱衷

於留學海外，二三〇年代日據時期是如此，五六〇年代國府在臺時留學海外的全是菁英份子，其數目足以用「多如過江之鯽魚」形容——正好與一九四九年大量知識份子由大陸隨軍來臺形成一出一進的有趣對比——之後大批「學人回歸」也為其後的臺灣經濟打下厚實的基礎（如設立新竹科學園區），詩的眼界由於多「根球」和經由論戰、運動等的數度「接枝」而變得多元化，其成果也是迄今海峽對岸的詩人仍難以望其項背的。

　　由於政治時空的「不確定性」，造成知識份子的「外運」和「內送」，對臺灣本島而言，正是增強其「隨機性」的碰撞頻率的開端，衝擊和生變乃成必然。由於政局劇變，國府來臺，在臺詩人無法銜接不同語言的轉換，暫時「失聲」；其後二十年，在詩壇占有優勢的反而是大陸來臺的中、青詩人組成的三大詩社，現代詩社（紀弦為首）、藍星（鍾鼎文、覃子豪、余光中等）、及創世紀（瘂弦、洛夫、張默等）鼎足為三，而由主知卻又浪漫不羈的紀弦領軍、浩浩蕩蕩的「現代派」充當急前鋒，為當代詩壇殺出一條康莊大道來；對日據時期在臺詩人的認識反而需待多年後透過「笠」詩社集團等本省籍詩人於強壯之後一起「眾聲喧嘩」，再回頭耙梳、整理、及翻譯（日翻中），方得抖落歷史的灰塵，呼喚這些前行者重新整裝進入詩史。在此之前，「臺灣的新詩發展史」是以「中國正統詩史的繼承者」自居的，每回頭敘史，皆由五四說起，言必胡適徐志摩，編起詩選必稱「中國現代詩選」、「中國當代詩選」、「中國當代十大詩人選集」……等等，目中全無大陸詩人的存在。日後也能證實，當初這種「自大」和「自戀」也毫不為過、並非不宜；主因即在一九四九年之後近三十年間，大陸詩人恐怖的「寒蟬效應」竟使詩人留不下太有價值的詩作，臺灣遂得以小博

大、四兩撩倒千金，不能不說是兩岸詩史上值得大書特書的大事。因之日據時期詩史的暫時性斷裂，與乎大陸詩人一九四九年後三十載更為慘痛的斷裂，都是政治和文化的悲劇。而今「中國現代詩」逐漸縮小改名為「臺灣現代詩」，連「現代詩」也回頭稱呼「新詩」，這之間一來一往，隱含族群間微妙的互動、較勁和不自覺地隨機演變，饒富興味和「曖昧」（乃至危險）。或值好事者續予觀察。

　　日據時期一九二〇年七月創刊的雜誌《臺灣青年》乃臺灣新文學運動的搖籃，是於日本東京編印的。其後一九二二年一月掀起臺灣白話文運動序幕之陳瑞明的論文〈日用文鼓吹論〉即於此刊物發表。同年四月刊物改名《臺灣》，此後幾經數度易名：《臺灣民報》（一九二三年七月，半月刊；一九二七年八月遷回臺灣發行時改為週刊）、《臺灣新民報》（一九三二年四月，日刊）。日據時期重要的文學及詩活動均與之有關，比如臺灣新詩史的第一批詩作追風的〈詩的模仿〉日文詩四首（1924.4.10）、「外運」至北平卻向東京投稿的張我軍一系列臺灣新文學運動論文〈致臺灣青年的一封信〉（1924.4.21）、〈請合力拆下這座敗草叢中的破舊殿堂〉（1925.1）、「絕無僅有的擊鉢吟的意義」（1925.1.11）、〈新文學運動的意義〉（1925.8.26），乃至臺灣新詩史上第一部中文詩集《亂都之戀》（1925.12）也由此刊物出版，直到一九二七年此刊物獲准搬回臺灣，張我軍仍待在北平，要到一九二九年七月才從北平師範大學畢業，他的論點卻早已吹皺了幾池的春水，引起「舊詩人」（包括連雅堂）不小的反彈。而一九二六年一月賴和主持此刊物的文藝欄後，十一月第一次辦理白話詩徵稿活動，即得詩五十首，有楊華（器人）、黃得時等六人的詩入選。其後臺灣第一份算

是詩刊的新詩專欄取名叫「曙光」，也是此刊物於一九三〇年八月增闢出來的。

由於那時張我軍「外運」至北平雖如胡適「外運」至美國，但距離較近，聯繫較易，也一度回臺。他於一九二四年四月對臺灣新文學運動發難的時間，距離胡適一九一七年一月一日在《新青年》雜誌二卷五號發表〈新文學改良芻議〉一文及在同年二月的二卷六號發表新詩開山之作〈蝴蝶〉、〈湖上〉、〈醉〉、〈老鴉〉等〈白話詩八首〉，已有七年；距離一九一九年的「五四運動」則有五年；但距離重要文學社團成立的時間更近，比如主張為人生而藝術、推廣小詩創作、編印《小說月報》及《詩》月刊的「文學研究會」成立於一九二一年；主張自由詩、崇尚自我和浪漫主義的「創造社」也成立於一九二一年；卻比一九二六年在北平《晨報‧詩鐫版》徐志摩、聞一多等人提倡新格律和建築美、繪畫美、音樂美的「新月派」還早了兩年。當時大陸新文學運動的重要人物大都齊聚北平，以是要張我軍不受此「亂都」的影響也難（曾登門拜訪魯迅），當他想「作最平易而且最率真的平民詩」，或者開炮提倡：

> 不但打破五言七言的詩體，並且推翻詞調曲譜的種種束縛，不拘體格，不拘平仄，不拘長短，不拘韻，有什麼題目做什麼詩，要怎樣做，就怎樣做。（1925.3）

他的心裡是想著胡適「文學改良芻議」一文的八項主張的：須言之有物、不摹仿古人、須講求文法、不作無病之呻吟、務去爛詞套語、不用典、不講對仗、不避俗字俗語。

張我軍又似乎比胡適說得更平易近人，更無拘無束，連八項中

的「須講求文法」都省略不提，而且還有不怎麼苟同的味道，也難怪他的詩沒有「胡適體」起初那種「小腳放大」的弊病。另一方面張氏也很快學會了文學研究會重要成員冰心「小詩體」（受泰戈爾及日本俳句的影響）的形式，她的《繁星》、《春水》應是張我軍愛讀的詩集，於是很快也「收集起零碎的思想來」（冰心《繁星》自序，1923），在1924年發生的戀情（於北平讀書時與同學羅叔文戀愛，其後一度私奔臺灣），1925年十二月就紀錄且出版了他的第一本也是臺灣首部中文新詩集《亂都之戀》，只比胡適的《嘗試集》（1920.3）晚了五年九個月，風格則深得冰心的嫡傳，比如此集中的一首：

> 火車縱無情，
> 火車縱萬能，
> 也載不了我的靈魂兒回去，
> 我已盡把他寄在這裡了。

語氣和標點符號都是非常「冰心」和「五四」的。

然而急先鋒的張我軍一如帶頭的胡適，畢竟寫詩是為了印證他們白話文運動的想法，但限於詩才及毅力，大炮夠大火藥卻不足，張氏重要的詩作品於一九二五年完成後即難以為繼。這也是一九四九年之前大陸及臺灣的詩成就都有限的原因。詩才有憾，則大氣候難成；不少詩人還有日文「內送」到中文的跨語言問題（日據時期臺灣出版的日文詩集比中文詩集多）；何況時局數變、人心惶惶、經驗難以沉澱成作品；而且詩的理論建構不足、論爭多印證的作品少，創作者的持續性常有問題，每厭於新詩改寫舊詩，比如一九三

五年之後賴和即不再寫新詩，改寫舊詩，隨後就遭到質疑：「如今他卻在做著舊詩，豈不是使後進的新詩人起了動搖嗎？」（林克夫，1936），包括大有可為的楊華、陳虛谷、楊守愚率皆如此，而且舊詩寫得比新詩還多，此種因勢轉移、對詩感覺的「不確定性」，大大打擊了新詩的元氣、「灼傷」了後進和追隨者的心。

另一項本大有可為、卻未隨局勢獲適時轉移的是「超現實主義」，這日後在洛夫、商禽、蘇紹連等人身上展現的技藝，卻早在二三十年前（1934）即輾轉由日本引進到臺灣，離法國布魯東發表「超現實第一次宣言」（1924）才十年。這其中成就最大的是水蔭萍（楊熾昌），他大概是站在日文那一邊、卻未跨到中文這一頭來的詩人群中最令人「驚艷」的詩人，即使透過翻譯，他的文字蠕動的方式仍如烏亮的煤炭在沉埋的地底閃動奇魅的光芒，比如：

花魂濡濕、歌在粗獷的嘴唇
噴出血
荒寒地開展的聖靈的果實
以嚴肅的不幸之化石為祝典

——〈花海〉第二節部分

為蒼白的驚駭
緋紅的嘴唇發出可怕的叫喊
風裝死而靜下來的清晨
我肉體上滿是血的創傷在發燒

——〈毀壞的城市〉中之「黎明」

房間的空氣井底一樣沉甸甸的

把長衫捲到三角褲處

美里以白色的手撫摸腳的線

煙斗的聲音和爵士和腋臭和……

夢醒就看到「再見——M子」的字型

玫瑰的花粉蓋上口紅

敗北的意識沉重地流過去

——〈花粉和嘴唇〉

　　這些篇章直逼五、六〇年代的現代詩作，卻凝重而隱含著什麼，在可解與不可解間。第一個段落有悲悼祭品和不幸的味道；第二個段落表面說的是日出，實寫命運之悲慘；末段像微型小說，應是寫美里（女）與M子（男）的情愛關係，前四句或是夢境的內容，描繪兩人上床前種種，夢醒後M子離去，在鏡上以口紅（？）寫下那四個字，像是最後一夜之後絕別的留言，末兩句乃能與首句呼應，「玫瑰的花粉蓋上口紅」與題目有關，或是「口紅蓋在玫瑰花粉上」之意，一般玫魂是男贈女的示愛之物，口紅屬女所有，也或許女的以嘴唇吻在男人留下的玫瑰花上，卻感受到「敗北的意識流過去」——做動作時心裡流過去「終究挽留不了什麼」的失意之情。如此硬解，或不妥當，卻可看出水蔭萍的語言可以「留住人」的魅力，雖然文字略為歐化，但有文言介入，白話反顯濃郁而淒美。詩中不斷出現的「荒寒」「血」「可怕」「叫喊」「創傷」「沉甸甸」「敗北」「沉重地」等字眼，與心境有關。後來屬於銀鈴會的林亨泰和詹冰，是跨越語言成功的少數幾位，語句的操作也都凝練含蓄，只是更簡潔而主知，字句的縮簡似乎正可借以減輕自

身的負擔。

　　然而詩會如此「曖昧」地呈現，其實是他們命運的表彰，一種
寧靜的抵抗，如水蔭萍（楊熾昌）在一篇訪問稿中所言（1986）：

　　　　寫實主義必定引發日人殘酷的文字獄，因而引進法國正在發
　　　　展中的超現實主義手法，來隱蔽意識的表露。……由於在殖
　　　　民地寫文章的困難，提筆小心，如能換另一個角度來描寫，
　　　　來透視現實的病態，分析人的行為、思維所在，則能稍避日
　　　　人的凶焰。

　　長期身處這樣的氣氛下寫詩，壓力當然太大，以是水蔭萍與同
學於一九三五年秋成立「風車詩社」，出版《風車》詩刊，隔年秋
天即停刊，才出版四期，每期印七十五本，當時影響極為有限。今
得重讀，令人欣慰。

　　方知二十世紀後半臺灣新詩得以興旺，實與（1）政治氣氛
較寬鬆，（2）詩壇領導人才華出眾，（3）詩社此起彼落，壽命
長的如九命怪貓短的像扮家家酒，（4）學者逐漸樂於以之作學術
研究，（5）編選的集子眾多，（6）詩獎獎不完，（7）新詩作品
進入中小學教育體系……等等因素有關，造就了新詩史上「香火
鼎旺」的一代（參見拙作「新詩矽谷」一文，文訊雜誌1999年8月
號）。此部分小史論述者不少，此處不擬再予詳述，僅以底下所附
「新詩發展流程圖」（引自拙作「新詩矽谷」），略予「表過」。

新詩發展流程圖

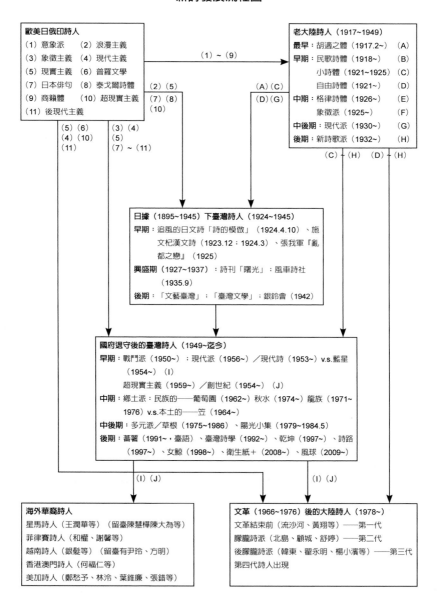

歐美日俄印詩人
(1)：意象派　　(2)：浪漫主義
(3)：象徵主義　(4)：現代主義
(5)：現實主義　(6)：普羅文學
(7)：日本俳句　(8)：泰戈爾詩體
(9)：商籟體　(10)：超現實主義
(11)：後現代主義

(1)～(9)

老大陸詩人（1917~1949）
最早：胡適之體（1917.2~）　(A)
早期：民歌詩體（1918~）　(B)
　　　　小詩體（1921~1925）　(C)
　　　　自由詩體（1921~）　(D)
中期：格律詩體（1926~）　(E)
　　　　象徵派（1925~）　(F)
中後期：現代派（1930~）　(G)
後期：新詩歌派（1932~）　(H)

(2)(5)
(7)(8)
(10)

(A)(C)
(D)(G)

(5)(6)
(4)(10)
(11)

(3)(4)
(5)
(7)～(11)

(C)～(H)　(D)～(H)

日據（1895~1945）下臺灣詩人（1924~1945）
早期：追風的日文詩「詩的模倣」（1924.4.10）、施
　　　　文杞漢文詩（1923.12；1924.3）、張我軍『亂
　　　　都之戀』（1925）
興盛期（1927~1937）：詩刊「曙光」；風車詩社
　　　　（1935.9）
後期：「文藝臺灣」；「臺灣文學」；銀鈴會（1942）

國府退守後的臺灣詩人（1949~迄今）
早期：戰鬥派（1950~）；現代派（1956~）／現代詩（1953~）v.s.藍星
　　　　（1954~）　(I)
　　　　超現實主義（1959~）／創世紀（1954~）　(J)
中期：鄉土派：民族的──葡萄園（1962）秋水（1974~）龍族（1971~
　　　　1976）v.s.本土的──笠（1964~）
中後期：多元派／草根（1975~1986）、陽光小集（1979~1984.5）
後期：蕃薯（1991~，臺語）、臺灣詩學（1992~）、乾坤（1997~）、詩路
　　　　（1997~）、女鯨（1998~）、衛生紙＋（2008~）、風球（2009~）

(I)(J)

(I)(J)

海外華裔詩人
星馬詩人（王潤華等）（留臺陳慧樺陳大為等）
菲律賓詩人（和權、謝馨等）
越南詩人（銀髮等）（留臺有尹玲、方明）
香港澳門詩人（何福仁等）
美加詩人（鄭愁予、林泠、葉維廉、張錯等）

文革（1966~1976）後的大陸詩人（1978~）
文革結束前（流沙河、黃翔等）──第一代
朦朧詩派（北島、顧城、舒婷）──第二代
後朦朧詩派（韓東、翟永明、楊小濱等）──第三代
第四代詩人出現

3.人人的可能：站在肩膀上飄忽而去

前節說過，唯有不停地「隨機性」碰撞，生物方能演化；以及宇宙事物沒有確定的模樣，只有「不確定性」的模樣。亦即「變」乃常態，「不變」將自我窒息。若讀詩前是這個樣，讀詩後必是另一個樣。面對的詩越多，心底存藏的「樣」就越豐盛。詩到後來竟像個魔鏡似的，預見了人心靈底處可能的褶痕究竟何等複雜。讀詩是看別人在鏡裡「掰」弄那些褶痕──捫、捶、搢、捽、捸、捻、掀、掐、摳……，沒有一個動作是相同的，但舒服的是他，你只分了一點點──癢！

很多人不知如何穿透、走入那鏡內，好過癮自個兒的心靈之旅。更多的人自覺書讀太少詞彙不多。但詩既是語言的藝術，自然是字與字、詞與詞「隨機」碰撞的結果。許慎《說文解字》有九千三百字，「漢語大字典」五萬六千字，但《紅樓夢》只用四千五百字種就寫了七十三萬字（以電腦計算），《史記》則以五千一百字種寫了五十三萬字（鄭錦全，2002.7.23中國時報十四版），加上詞彙的數目，不會超過八千個。

重要的不是「記得」，而是如何「組合」！此時培養自己對每個字的「感覺」便很重要。「拿起」每個字或詞──一如下河撈起一條魚，將牠「從頭到尾」看清楚；再撈起兩條魚，比較牠們的相近、相似或相反，也許牠們彼此就自動「張嘴」對話起來，開始嘰嘸不清、後來像互打謎語、慢慢你略知一二或三四，慢慢你就不想聽了，丟回河裡，再抓起另兩條魚來，也許牠們正互瞪白眼、或互拋媚眼呢。

很快你就會發現，兩條魚的背後，正快速游來一大群魚哩，隊形變化萬千，飄忽不定，熒熒閃閃以流星的速度飛撞你的腦膜。每首詩就是這樣的一群魚！仔細地隨牠們的飄忽而飄忽，心中澄明，無有定見，任牠們穿透你，再穿入你！有一天你會發現你已是那魔鏡了，那以極速飄忽而來的，不是別的，正是忽上忽下忽左忽右因游動而難以捉摸的你自己，正「透」鏡而入，又「透」鏡而出，你內心和腦海裡那無法阻攔的魚群！

中華現代文學大系（1989~2003）詩卷序

不必以地域意識寫作者為窄，而以星河宇宙入詩者為寬

引言

　　每隔一段時間，比如三五載吧，臺灣總會出現一兩套大部頭的詩選集，世紀之交有麥田版的《廿世紀臺灣詩選》，再往前推則有一九九五年九歌版的《新詩三百首》，此集上下兩冊，連同賞析厚達一千餘頁，將海峽兩岸及海外華裔詩人皆擄入其內，縱貫新詩史約八十載，氣魄不可謂不大。但一九四九年之後的重要詩人，顯然以臺灣詩人份量較多；於是乎彼岸繼之以《新詩三百首》為名出版者不下四五種，當然不忘將臺灣諸多詩人置於邊緣位置。如此你有你的「詩篩子」，我有我的「詩篩子」，相互競「選」，毫不謙讓。

　　愛因斯坦說：「人人皆當如此自我安慰：時間是一架篩網，大多數一時聳人聽聞的事物均已通過篩網，落入了默默無聞的大海，即使篩剩下的，也不值得一提。」我們不知愛因斯坦是以自己科學界大師的高度來看待眾生安慰眾生，還是因為深刻體會到科學之眼確切的發現───一如他所說的：「可觀察的世界並不『存在』，我

們所觀察到的不是世界。」——如此話語已近乎柏拉圖或釋迦摩尼才可能說出的哲思性人生奧義。

還好，愛因斯坦究竟不是詩人，他的「篩網論」與詩不見得「相關」，何況「詩」很少屬於「一時聳人聽聞的事物」。但無論如何，任何詩作仍然得面對另類的、一架架屬於詩的篩網。以年份斷代的「詩選」——比如這套大系的兩卷詩選，非常像這種「詩篩子」，留在篩網上的，是愛因斯坦所謂「篩剩下的」，一時之際，可能或值一提，至於百歲千載之後是不是「不值一提」，就非編者所能置喙的了。

畢竟，詩人是人類當中最敢「知其不可而為之」的代表，以是對任何詩人而言，他們一輩子最恨也最想做的，就是擋在時間的道路上，攔住，並獅子似張大口，咬碎那些勞什子般一架架所謂的「篩網」吧，自然也包含這套詩選在內。

1.條條詩路通人心

詩是藝術形式中最「善變」的，飄忽難測，隨勢移形，常常一意之轉數字之變，詩意有可能全遭撤換，因此也最容易「失足」。

詩人每每困於或樂於此「隨機性」、「未知性」，視詩不免有如心靈獵場，將時代或個人心境置諸腦殼內，衝撞來奔闖去，亟欲有所發現或發明，雖欽羨前賢但往往不輕易跟隨。以是每隔一段時間，比如說十載二十年的，詩風——像形式或主題什麼的，總有一些不同的取向或轉折。

詩人站在時空特定卻又短暫來去的座標上，常常不由自主，將大半生眼光和精力蹉跎其間，或擇善而固執，或隨勢流轉、無法準

確拿捏，以知識通盤考量者少，以喜惡、激情或直覺為之者多，理論或批評上則多數不得不向歐美取經或成為西方買辦，科學如此，文學亦然，如是輾轉承襲，難以終極。

詩人，尤其做為一個臺灣詩人，身處歷史上最最難以「安份」或「安定」的不確定場域，置身資本主義抵擋共產主義、同時也是東西方文化衝盪最激烈的接軌邊緣，心境之翻攪、震幅上下之劇烈，不穩定之中又多少保持了難以言說的恐怖平衡，乃「敢」於一九四九年後的三十載，於海峽兩岸，也是所有華人地區創作出所謂的「新詩奇蹟」，以「中國」為名的「詩選」、「大系」多達十餘部，目中全無大陸詩人佇立之餘地，形成新詩史上極度奇特的景觀。

當其時，中國大陸正身陷政治內鬥泥坑，將傳統文化、人民身心置諸宛若烤爐上的險惡之境，竟連一顆詩心都無以隱匿躲藏，紛紛遭文革火焰氣化蒸發；即便事過境遷，以小說、戲劇、電影展現彼時期所受傷痕者眾，能以新詩為之見證者寡，乃知詩與當下語言情境之即時性有關，宛如閃電、譬若燐火，稍縱即逝，其「不確定感」是詩境最要確切把握之處。因此文革之後二年（一九七八），人心暫穩，北島、顧城、舒婷朦朧三劍客一起，新詩終獲喘息，臺灣現代詩與流行歌曲其後趁隙而入，八〇年代兩岸詩壇才有了初步的碰觸交流，其後十餘年終至絡繹不絕，既先於經濟，更早於政治。

於此前後，海峽此岸鄉土文學論戰開打（一九七七），臺灣詩壇以「中國」為名，以及以「臺灣」為名的詩選和活動正交相熱鬧演出。前者比如：

〈什麼才算是中國現代詩〉雜談三篇（顏元叔，中國時報，一九七七）

《中國當代青年詩人大展專號》（綠地詩刊，一九七八）

「中國詩人的道路」座談會（聯合報，一九七八）

《當代中國新文學大系（詩）》（天視出版，一九八○，瘂弦主篇）

「西方文學與中國現代詩」比較文學會議（中央大學，一九八一）

《中國當代新詩大展》（德華出版，一九八一，蕭蕭、向陽等主編）

「中國現代詩與民歌欣賞會」（陽光小集，一九八三）

「中國現代詩劇發表會」（河洛劇坊，一九八四）

「一九八五中國現代詩季」（新象藝廊，一九八五，白靈、杜十三策劃）

但其中並無大陸詩人的存在。與此同時相對應的，則有：

《臺灣現代詩集（日文）》（北原政吉主編，三十家笠詩社詩人，一九七九）

《一九八二年臺灣詩選》（李魁賢主編）

《一九八三年臺灣詩選》（吳晟主編）

《一九八四年臺灣詩選》（苦苓主編）

《一九八五年臺灣詩選》（沈花末主編，以上均前衛出版）

第一屆「臺灣詩獎」（「臺灣詩」季刊主辦，一九八四）

《臺灣詩人選集》三十冊（笠詩社，一九八六）

《臺灣詩人作品論》（李魁賢，名流出版，一九八六）

　　以上又主要以笠詩社的成員作品為主體，進入九〇年代，該詩社由於同仁人數龐大，開始以「笠集團」自稱。如此一端敢以「臺灣」占據全「中國」之名，一端竟又以部分「臺灣」詩人成員自居全「臺灣」之名，形成了一名實均不相稱、但背後卻又有其政治悲情、文化斷裂、地域特殊等因素促成之奇異景致。

　　此種混亂，到了一九八九年前後達到了短暫的高峰和整合，此後開始逐步壁壘分明，族群關係分道揚鑣。至二十世紀末，臺灣進入經濟高峰後期、政治逐漸陷入內耗空轉，大陸則擺脫六四事件、一步步走向高經濟成長率。一落一起之間，也逐漸顯現在文化、文學的表現和影響層次上，包含詩人對待此種起伏變化的心境和題材選擇，或值細予追究。

　　若簡要言之，則由西方回返東方的鄉土文學論戰，一步步由大鄉土與小鄉土之爭，慢慢隨著政治情勢的轉向而走向「現實主義」路線、到後來則以「認同臺灣」為最大公分母的文學路線，歷經多年抗爭後終於成為主流。當初民間所反對的官方文學（臺灣代表中國），到其後的「九二共識」（臺灣與大陸「一中各自表述」），到最近這幾年政權移轉後官方倡導的「臺灣文學」（臺灣是臺灣，中國是中國），十餘年間做了一場大翻轉，由兩岸競爭明朗化、和因「戒急用忍」政策、恐懼被邊緣化而崛起的「臺灣精神」，可說在新舊世紀之交於政治、社會、文化、乃至教育路線上首度掌握了優勢。雖說詩壇上寫實主義的詩風到八〇年代中葉後就「不再是詩壇上主要的詩潮了，繼起的厥為後現代詩的挑戰」（孟樊），然而身處臺灣的詩人皆知：八〇年代鼓倡的多元思想到了二十世紀結束

後又逐步侷限成有條件的、內容決定形式——與本土化有關方為「政治正確」的主流路線。

然而詩既是最「善變」的文體，隨勢移轉，難以禁鎖限制，加上報禁解除（一九八八年元旦）之後，媒體和網路的興勃及言論自由的澈底解放，乃至近幾年的政權移轉、意識形態的轉趨兩極化，在在都給予詩人「可趁之機」、甚至「擁有」更多的焦慮、焦灼和不確定之感。雖則所謂「多元化」的背後又隱含了思想甚至信仰的偏執、異化、和截然撕裂的人與人的關係（形成本土內的多元），加上世界愈趨複雜的基因工程暗含的人倫扭曲、國際間種族宗教的恐怖行徑……等等，本是詩人「危境」之所在，然而由於對個人身心之束縛拘禁落在近年已是臺灣民主所不許，對詩人而言正是伸長其碧落黃泉的探索眼光、開展其自由心靈的深廣度、發揮個別選擇和潛能的最佳時機。這樣「不確定的年代」其實正構築出：既可以自由選取「為臺灣主體定位和重建」而只留「一條詩路通人心」的單純路徑，當然亦可以扇開心胸換擇「條條詩路無不通人心」的後現代思維模式和精神樂園！

其間種種「選擇」，如何「組合」出不同詩人的多元面向和可能趨勢，此本詩選或也提供了一饒具興味的斷代切片。

2.一九八九以後

一九八九，是二十世紀結束前最值得深刻記憶的年份。

這一年的一月，輸血三萬西西、體重僅得二十七公斤、在位六十三年只研究昆蟲不曾負擔任何戰爭罪責的日本裕仁天皇死了，但往後十餘年仍有不少首相、大臣為了參拜靖國神社問題不時與鄰國

衝突，象徵了裕仁身後留下枯槁的戰神陰影仍在，不願裕仁入棺。

二月，首部整合兩岸三地的詩人作品《現代中國詩選》（由楊牧、鄭樹森主編）出版，首次收入艾青、臧克家、北島、顧城等人作品，大陸上下兩代詩人竟相隔四五十載。而臺灣詩人作品於此詩選中首度彰顯了其鍛接和傳承的重要意義。同月份首部《大陸當代詩選》（由洛夫、李元洛主編）出版，從艾青到顧城，計二十家。此二部選集與前此半年出版的《朦朧詩選》（一九八八年九月）使臺灣讀者無形間較比了兩岸詩人詩藝的高下。

三月，蘇聯最後一支軍隊撤出十年間屢攻不下的阿富汗。一直要等到二〇〇一年九一一事件後，極端的、視藝術如仇、以大砲轟燬巴米安兩座大佛的神學士政權方才倒臺。

四月七日，《自由時代》雜誌創辦人鄭南榕因刊登旅日學者許世楷的〈臺灣新憲法草案〉一文，被控以叛亂罪嫌，拒絕出庭應訊，憤而於雜誌社內引火自焚，震驚海內外。

五月，九歌版《中華文學大系：臺灣一九七〇～一九八九》出版，含詩卷兩冊。

六月四日凌晨，中共軍隊和坦克開進天安門廣場，對靜坐抗議的學生和市民開槍掃射，釀成第二次「天安門事件」。臺灣詩人呼應者眾，八月隨即出版悼念詩選《我的心在天安門》（余光中主編）。

六月，波蘭大選，波共首度下臺，由團結工聯執政。

六月，《現代中國繆司》（鍾玲）出版，為首部專論臺灣現代女詩人作品之言扁論文集，仍以臺灣啣住整個「中國」。

七月，戈巴契夫宣布歐洲華沙公約各成員國可自由決定自己的前途。此乃蘇聯帝國崩解的開端。

九月，匈牙利向西方開放邊境。捷克斯洛伐克的總統大選由詩人哈維爾當選。

　　十一月，冷戰象徵物柏林圍牆倒塌。

　　十二月聖誕節，羅馬尼亞獨裁者齊奧塞斯庫夫婦遭處決。

　　此後不久，多黨政治進入蘇聯體系（一九九○年二月）、烏克蘭等國脫離該體系（一九九○年夏）、戈巴契夫得諾貝爾和平獎（十月）、東西德統一、終至隔年（一九九一年聖誕節）導致蘇聯解體和糾葛人類近百年之共產烏托邦的幻夢終告壽終，如今僅剩幾頂帽子和空腦殼猶套在若干國家頭上。

　　在臺灣則於此年前後開展了「社會運動的黃金時代」，如「五二○農民運動」（一九八八）、「野百合三月學運」（一九九○年三月），包括國會改選、省市長民選、反核廢、反核四、總統直接民選（一九九五）等一波波的遊行或請願陸續展開。族群、環保、統獨、兩性平權等各項議題，反覆地被挑動、爭辯、和討論。此後又歷經一九九五閏八月共軍渡海論、彭婉如遇害事件（一九九六年十一月三十日）、兩國論、廢省、九二一大地震（一九九九）、千禧蟲Y2K烏龍事件（二○○○）、許文龍慰安婦自願說、各種政治人物的財務和情色糾紛、九一一恐怖攻擊事件（二○○一）、攻打阿富汗……等等紛杳而至，透過影音及文字詳盡、反覆的報導和爭辯、以各項傳媒——尤其近幾年的寬頻網路和手機耳語傳播，令詩人宛若身陷電磁波密布的天羅地網，幾乎無以脫身或置若罔聞，因此也直接或間接呈現在他們的詩作中。

　　與上述「世界大事」、「本土化之爭」站在對立面的，是「後現代思維」對中、青兩代詩人的影響和滲透，一開始只是個名詞，但到後來才發現自身採取的許多行徑和詩風早已不自覺地進入此一

「後現代現象」的範疇之中，因此前期既廣受前行代詩人有形無形的影響，後期又試圖爬出其陰影、建構截然不同的創作風格和取向。相對於中生代詩人的青年時期（七、八〇年代），整個社會對「不確定感」之充滿焦慮，亟欲剷除威權體制、地理斷裂和歷史悲情加諸社會和個人的枷鎖；此其時，卻已有詩人已先行起身（比如羅青、夏宇的詩，杜十三的詩行徑），不僅不抗拒生命的不確定性，反而加以或熱或冷的擁抱。

　　「不確定」，或乾脆說「混沌」，此種現象在科學上的意義是：在顯然毫不相干的事件之間，存在、潛伏著內在的關聯性，過去認為借由「完全控制」、「建立主體、中心」、「剷除不確定感」、「界限必須清楚」、「說清楚，講明白」等政、經、社、文的處理模式，一切才能順利無事，才能解除時時必須面對「未知性」與「偶發性」的生命困境；但藉助科學的深層探究，發現其根本上的不可能、不必要，而逐步加以消解。而上述這些思維上的認知，其實正是詩在地球各個大小部落均早已普遍存在的原因，也可能具有不可思議之「詩之宇宙性」的理由。「後現代」因此也不是多麼新鮮的名詞，不過是將「宇宙的本然」安放在本來就「如是」的處所而已。

　　尤其人的最大迷思，在於認為創意只限於特定的某些人如詩人或藝術家發明家所專擅。後現代則對「遊戲」、和「怎樣過一首詩」（瘂弦語）有更多的肯認。進入九〇年代後，科技上的一系列發展，更強化了過去宗教、神話、玄學、靈媒的「不可思議」之巨大靈視力和穿透力。比如哈柏望遠鏡的升空（一九九〇）使得天上星河的範疇擴張到一千億條以上、複製牛羊貓豬的成功使複製人即將成為人倫最大的挑戰、電腦軟體的開發令虛擬與實境難以分辨也

令科幻比真實更真實、人鼠等基因圖譜的破解和高度相似性（九十八％以上）讓人與萬物演化的「偶然性」得到有力的驗證……，即使近年奈米材料科學的研究令人對有限物質（色）的無限性（空）都有了更深刻的體認，而物理學家天文學者竟也開始「詩人」起來，懷疑無數恆星之外的黑虛（空）可能是充滿了暗物質和暗能量的大海，那裡頭不知折疊了多少個宇宙（色）於其中──人類放眼所見的星群只是大海（空）中的島嶼（色）罷了，我們只認出島嶼（色）卻未見大海（空）──如此回頭才發現釋迦摩尼在二千多年前早已神奇地感知了這樣的奧妙，他在華嚴經上說：

> 一一微塵中，各現無邊剎海（即水陸），剎海之中，復有微塵，彼諸微塵中，復有剎海，如是重重，不可窮盡。

　　如是始知奈米科學的極境是人類及地球一百億年的所有影音資訊有朝一日可藏入一粒方糖。方知「後現代」只是要回復宇宙本然，所要解放的是有限之中的無限性，是「人人皆具創意」的這一點才是事物最真實的本質，是詩及詩人為其中之微塵而已，卻又縮影了無邊剎海於其中。因此即使一島、一池（比如劉克襄對小綠山三年的記錄）、一草、一木、一沙、一塵，無不有可觀，實不必以地域意識寫作者為窄，而以星河宇宙入詩者為寬，其間之分別及彼此相互超越之不可能，是詩則一切皆入其中，是非詩，而一切也不必定在其外。

　　這本詩選及其中詩作亦何妨如是觀之。

　　一九八九以後十餘載，已邁入廿一世紀，六四並未平反、中共並未渡海、彭婉如案未破、未統未獨、複製人猶躲在暗處複製之

中，而臺灣早已「詩」了很多回合，包括：公車詩上路（一九九五）、網路詩的大潮來臨（詩路，一九九七）、跨行寫詩盛行（王鼎鈞、隱地、黃春明、宋澤萊、喻麗清、虹影、歌手陳潔儀、廣播人劉小梅等是顯例）、小詩的流行（如臺灣詩學季刊的「小詩運動」、中國時報的「臺灣俳句」、自由時報的的「紙短。情長」、中央日報「語詩語絲」）、全民寫詩（聯合報，一九九九）、詩歌節的創立（臺北市，二〇〇〇）……。

這其中最值得注意的「大變」當然是網路詩的流行潮，此一不可抵擋的趨勢使得「詩之平民化」立即實現，初始寫作年齡層立即下降至十二、三歲，但同時也令老中青三代詩人之間產生重大的斷裂，網路青年詩人不肯下網，中壯以上的詩人不想上網，甘願網上網下互通有無傳遞溝通的中青詩人少之又少。於是，你不知我，我不知你，狀若兩個截然不相關的詩壇。即以臺灣詩學季刊於創刊十周年（一九九二至二〇〇二）後改以「網路創作版」進入網絡世界為例（二〇〇二），半年之間由詩作者自行刊佈於網頁上的詩作即多達三千首以上，比十年四十期的詩刊投稿者還多，令人瞠目結舌。幸而這其中有米羅・卡索（蘇紹連）的細心篩選，精選後另刊於精華區，之後每季再對之篩選一次，直到精純詩作出現為止。而由須文蔚更早領軍的「詩絡」網站情況相似，如是反覆，終得三年的《詩路2001年網路詩選》出版，而其中作者與傳統新詩壇相疊者竟不及十人，進入此詩選者更少，如何整補、轉身多予留意，是未來詩選家甚大的難題。

在網路詩壇中最突出的「突變」是女性詩作者的人數明顯「陡升」。眾所皆知，現代詩人中女性一向是極端的少數，以純女詩人組合的「女鯨詩社」遲至二〇〇〇年才成立。而此本詩選中一〇〇

位詩人女詩人只有十八位,甚為遺憾的是,當初邀請入選的羅英、斯人均不知下落,敻虹、夏宇、利玉芳則皆不擬參與,因此僅得五分之一強,一九八九年版則九十九位有十九位,與此相當;十年斷代的《九十年代詩選》(辛鬱、白靈、焦桐主編,二〇〇一)中的八十位作者中女性有十三位,也僅占六分之一弱;年度選集《九十年詩選》(焦桐主編,二〇〇一)中七十七位作者中女性有十一位,老一代兩位、中生代四位、新生代五位,占七分之一。

由以上近年出版的選集比例可明確估計,女詩人比例幾乎與過去半世紀來大多數詩選皆極相近,可說極度地弱勢。但單由與《九十年詩選》同時出版的《詩路2001網路詩選》來看,五十四位作者中女性即佔二十五位,男性二十九位,幾乎已旗鼓相當,大大扭轉了女詩人長期的頹勢。女性此種陰柔隱祕、無意參與男詩人群拼名鬥利的場域和氣氛、喜歡自然而然的地母特質竟藉助「網路」的便利、即時、和私密的傳播形式(一如「手機」),將女性詩作者自我延展的「自由度」(發表即可,其餘再說)大大提昇。因此在短暫的未來,除了《網路詩選》之外,恐怕都不容易在一般平面的詩選中看出女性詩作者的真正實力和全面景觀,這本大系的詩選集當然也不例外。

此外,真正的「網路詩」理應含括多媒體形式,即所謂「超文本」式的展現,也是《網路詩選》想下網印成平面媒體時最棘手的地方,包括flash、Java等語言和軟體的使用,即使是新生代詩人都不見得擅長,有時還不得不與人合作才能完成。延伸出去的,是詩本身定義的歧義化,和閱聽者創作者分眾、專業的多元性區隔性,這些都是九〇年代末期詩演化過程衍伸的難題,也是本詩選暫時無力觸及的。但因:

如果讀者群建立起了新的解讀體系，原有的解讀體系就顯得
平庸而乏味。在這種時刻，重大的文學上的變化將會應運而
生。（Hayden White）

當此詩作者及讀者體系可能大大變異的關鍵時節，本大系詩選
的產生，一方面宣示了前行者的努力和痕跡，編纂整合以供後人參
酌，一方面也預示了詩在未來可能的轉折和大遷動前後的情勢。

3.印刷道與網路橋

一九八九年《中華現代文學大系》詩卷出版時，入選詩人最年
輕者為一九六六年次的許悔之，此番續編，最年輕的為一九七八年
次的林婉瑜與楊佳嫻，前後相距十二年，與兩次大系相隔時間約莫
接近。一九八九年版共選入九十九位詩人，六十歲以上的詩人（一
九二九年前出生者）僅十三人，占13.1％；四十歲至五十九歲的詩
人（一九二九～一九四八年生）共計三十九人，占39.4％；四十歲
以下的詩人（一九四九年之後出生的）共計四十七人，占47.5％。
可見得青年詩人彼時乃詩壇主力，雖然詩壇實權仍在老、中兩代詩
人手上。等到二〇〇三年詩卷續編出版時，才歷經十三年，一九八
九年版的九十九位詩人竟然已有四十四人不在二〇〇三年版的名
單上，「折耗率」高達44.4％，即使扣除前舉五位女詩人（或聯絡
不上，或婉拒參加），也接近四成。其中當年青年一輩（四十歲以
內）折損最大，四十七人已有二十五人不在其內，多達五成餘。長
跑十三年後，脫隊者著實不在少數。

二〇〇三年的續編版共選入詩人一〇〇人，六十歲以上（一九四三年前出生）的詩人上升到三十二人，占32％；四十至五十九歲（一九四三～一九六二年出生）的詩人也提高到四十六人，占46％；四十歲以內（一九六三年以後出生）的詩人則大幅度下降到僅餘二十二人，占22％。詩壇結構原為上尖下廣的金字塔形，才經歷十三年，已變形成「中廣」的體格，而且有老年化的趨勢，一方面顯示傳承予青年一輩的接續工程出了問題，另一方面則又代表前行者開創了臺灣新詩奇蹟之後，仍然奮勇不懈，老而彌堅，比如洛夫二〇〇一年在自由時報副刊連載經月的三千行長詩即一顯例，設下了「洛夫障礙」，讓青壯兩輩去設法「攀岩」。也是從此年之後，「年度詩選」的編委工作才正式由余光中、洛夫、瘂弦、張默、商禽、辛鬱等詩壇前輩交到中年一代手上，完成真正的世代交替。然而背後卻有極大的隱憂。

　　前節提及網路詩壇屬於年輕人的天下，與老、中兩代詩人幾乎越來越有「道不同不相為謀」或「你過你的印刷道，我過我的網路橋」的味道。願下網來到平媒現身的青年詩人不是沒有，但廢時曠日不說，冒了幾十次頭仍出不了頭才是他們最大的心理障礙。此與報禁解除（一九八八）後的資訊狂潮有關，如同他們隨意取的筆名或代碼一樣，被過多的檔案和訊息塞在半路，幾乎難以在「車陣」中被發現。以是續編版中能自如上網下網而獲選的詩人，嚴格說也只有遲鈍、林群盛、鯨向海、林婉瑜、楊佳嫻等人而已，除了林群盛出道極早，餘四人都是先得意於網上，方下網優游，最後在平媒獲獎或出書而得到肯定。其餘相當優秀的甘子建、李長青、辛金順、木焱、林德俊、王宗仁、羅浩原、陳雋弘……等人或「下網」來到平媒稍遲，或仍在網上自得其樂、或猶在修煉成精當中，有待

續予高度注意。

若對兩路人馬約略觀察，可發現年齡層的區隔相當驚人，楊牧、鄭樹森編的《現代中國詩選》，從沈尹默（一九八三年生）選到羅葉（一九六五年生），相隔八十二載。一九八九年版的九歌大系詩選從周夢蝶（一九二一年生）選到許悔之（一九六六年生），相距四十五載。即以最具即時性的年度選集《九十年詩選》為例，從一九二一年次的周夢蝶，選到最年輕一九八〇年次的艾雲，相去約一甲子；其新世代詩人約佔三分之一。但前舉的《詩路2001網路詩選》則竟是從莫非（一九五三年生）選到還在唸高中的織人（一九八四年次），詩齡只有兩年。年齡層最多相差三十一年，比《九十年詩選》年齡距少了一半。最值得注意的是三十歲以下的（一九七二年以後出生的）即佔了五分之四。至此，即可約莫感知：絕大多數的老中兩代詩人於平媒上固守了大半生之詩壇薪火可能乏人接手。或者說，新生代的詩人絕大部分已自起爐灶、另謀「生路」去了。這也是九〇年代以來接續的平媒詩刊闕如或一閃而逝，網路社區版主四處虛擬林立的原因。

4.橫看成嶺側成峰

以另類的角度來看，風風光光在平媒上度過黃金歲月的老、中兩代詩人，經過長期印刷機輾轉滾壓，少則折磨了一二十載，多則甚至超過半世紀，此種「耐壓」的精神本身即值得鼓掌。他們脖頸上打的不是「中國結」就是「臺灣結」，一生固執的「歷史意識」、「民族母親」或「本土法則」、「精神勝利即是一切勝利的阿Q性格」，乃至「詩即一切」、「美即上帝，非美無以過

此生」，或具強烈的批判性格，或易感真誠、或敦厚儒雅、或誨人不倦或口水不倦、或行動力超強。越上一代的詩人這些特質就越明顯，往下則逐漸模糊起來，不僅猜透不易，甚至極可能陷入「誤判情勢」的困境。老一代某些詩人即使「好名成性」、「無役不與」，基本上「面目清晰」，一如他們的詩風和語境特質。這是手工業社會、鋤頭耙子對土地和人心溫情的開墾。

　　一旦進入機械、電力發動的硬體時代，冷冰冰的性格便易在中年一代詩人的身上發現。對待生命老一代是中醫式的，雖然用了西方心理分析式的潛意識，中年一代是西醫式的，拿著手術刀急著幫土地和歷史開鍘，而且要求「現實主義」式的因果回報，同時因時制宜，以不同藥方對付不同的病痛，因而風格千變姿態萬化。青年一代是巫師式的，他們不直接對付病症，而是以儀式取代醫療，不是過於簡化就是過度煩瑣，有時幾近是遊戲式的、非正經的。但似乎又不是那麼容易區分，有的年紀抓起來一大把，卻年輕得過了頭，有的年紀尚屬羽量級，早就老態龍鍾了。

　　對讀者來說，「溫情」是傳統和古典式的氣氛，容易被感染是必然的，尤其有古典詩的典範在心境和感性的前方壓陣。但越是年輕一輩詩人的題材和書寫語言，顯然就有更濃烈嗆鼻式的後現代氣息（如前段所述，並非所有的作者），如果不把腦瓜子準備好，則只有挨悶棍子的份，一如筆者於〈漂浮的數位花園〉一文所描述的極端景致，青年一輩以及更年輕的網路詩人群或多或少都感染了相類似的氣息：

　　　　「所旨」模糊、散漫、倒錯、零散，對「能指」有很遊戲
　　　　式、自娛式的運用能力，他們將話語及符號，以幾近「無性

生殖」的方式繁衍——因字生詞,「隨機」而行,幾乎與「滑鼠所遇即是」相近。表現在詩作品上則是:精簡非其目的、詞句冗長、咒語式唸唸有辭、口語淺語盛行、迴行處處可見、像魔術一樣好玩的修辭——這些正印證了後現代社會「去中心化」、「消解正統化」後的表現模式:由本質走向現象、從真實走向虛擬、自深層走向表層、棄所指而追求能指、諷真理而只尋文本的種種特質。而這種因對宇宙虛幻之變易本質的自覺(或不自覺)——由科學而起,是非常自然的表現方式,其與前行代之著重歷史感、價值感、意義性、象徵性的形式化表現有所不同,乃極為自然的事。

引文中的「前行代」指的是絕大多數的老一代詩人,三分之二左右的中生代詩人,「歷史」、「價值」、「意義」、「象徵」是他們一生追索的極致和似乎永恆逗引他們的飛靶或兔靶,當然也包括「戰爭」、「死亡」、「愛」、「土地」、「鄉愁」、「身體」和「政治」在內,那種「結」是一種痛苦得有點舒適的勒緊——不論是情色詩、身體詩、環保詩、自然詩、宗教詩,率皆如此。這或許也是多數女性詩人急於自男詩人群逃之夭夭,新世代詩人「禮貌性閃避」的緣由——他們對自身情感的出路和身心靈的平衡比對社會整體的使命感更在意。

辛鬱在《九十年代詩選》的序文中曾指出「空洞化」和「複雜化」是新世代詩人的「通病」:

以所謂「不確定性」掩飾「空洞化」,總以為標舉了「不確定性」就完成了創作使命。……內涵的「複雜化」,其來由

可以追究得之。淺見以為來自各大報的文學獎，……「複雜化」使詩陷入迷障，它怎能讓詩人得到閱讀上的快樂以及心靈的庇蔭呢？

這樣的指摘相當嚴厲，其實「空洞化」和「複雜化」這兩個詞也不是不太好的辭彙。如果詩本身能讓人深切感知道生命及宇宙本身兼具「空洞化」（空）和「複雜化」（色）的雙重特質，則或可不必太排斥。但也一如辛鬱所指出的，其源頭可追溯到行之有年的文學獎徵文，而這也是筆者於多篇文章中所熱切呼籲的，幸好已由當年徵詩上千行、數百行、降到五六十行、部分已降到二三十行、甚至還有十行五行小詩的徵文。一如前節所說的，詩的真正魅力即在於微塵可現無邊剎海，但剎海亦有可觀之無盡微塵，在未能準確拿捏之前，先微塵或比先剎海易於凝視和穿透。

但的確，從林群盛、夏宇、鴻鴻以降的詩作實在無關「微言大義」，卻塞滿了兒童戲耍式的想像力，幾幾乎接近卡通或連環漫畫，卻又跳躍得必須填上不少的方格、情境，或情節，離棄了恢宏及神聖的法則，多半只聽從個人內在的慾望和呼喚，如網路青年詩人一朝飛進入口網站，就只能「撒文字織成的網／歇斯底里地打撈影子」（林德俊），如此以詩表現既「參與」又彷若「缺席」的「不確定感」，幾幾乎讓人感受到「精神分裂式」的恐慌，如果它們極端貼近許多人的生活情境，那麼「空洞化」和「複雜化」二詞應該真的不是不太好的辭彙吧？

附錄

白靈詩學年表

1951　1月，出生於臺北萬華。祖籍福建惠安。

1966　就讀建國中學。對古典文學興趣濃厚。投稿校刊被退。

1969　大學入學考試因故落榜。考上國防醫學院牙醫系，未就讀。
　　　大量閱讀翻譯小說及西洋詩集。

1970　考上國防醫學院醫學系，因病未就讀。入臺北工專三年制化
　　　工科就讀。在新生報副刊發表散文作品。筆名「靜生」。

1972　重考，考上中國文化大學中文系文藝創作組，未就讀。

1973　第一首新詩以筆名「白靈生」在《葡萄園》詩刊發表。小說
　　　作品於學校刊物發表。
　　　7月，參加復興文藝營，營主任為瘂弦先生。〈巨人〉等詩
　　　獲新詩創作第一名。改筆名為「白靈」。參加桃園文藝營，
　　　以〈螢火蟲〉一詩獲新詩創作第一名。

1974　自臺北工專畢業。擔任化工廠技術員，至桃園鄉間參與建廠
　　　工作。

1975　任光武工專助教。考上臺灣師範大學美術系夜間部，保留學
　　　籍一年。參加葡萄園詩社。
　　　9月，參加耕莘青年寫作會。

1976　任臺北工專助教。因〈老〉一詩初識羅青，參加草根詩社活

動。至師大美術系夜間部就讀。暑假任耕莘寫作班輔導員。

12月，獲得全國優秀青年詩人獎。

1978　7月，擔任暑期耕莘寫作班主任。認識眾多文藝作家。

1979　出版詩集《後裔》（臺北：林白出版社）。

10月，長詩〈大黃河〉獲得第十五屆國軍文藝金像獎長詩銀像獎（金像獎缺）。聯合報副刊以預告7天方式大幅刊載，主編為瘂弦。

1980　1月，赴美進入紐澤西州史蒂文斯理工學院（Stevens Institute of Technology）攻讀化工碩士，主修高分子材料科學（high polymer material science）。

2月，〈黑洞〉一詩獲得第一屆時報文學獎敘事詩首獎。

1981　遍遊美、加各地。12月，於史蒂文斯理工學院化工碩士班畢業。

1982　上半年，至聯合報副刊組瘂弦處幫忙聯合副刊「三十年集」做校對工作，認識詩人沙牧。

6月，於《現代詩》發表〈淺析鄭愁予的境界觀—中國現實與理想的藝術導向〉（臺北：《現代詩》復刊號1期，頁34-42）。

7月，進入中山科學院任助理研究員兩年。期間曾被派往德國短期考察，遊荷蘭、黑森林、萊茵河、科隆等地。

9月，任耕莘青年寫作會詩組指導老師。

1983　1月，與德亮、羅青等詩人於來來百貨公司展出「藝術上街展」。

1984　至臺北工專任專任講師。

1985　2月，主編「草根詩刊」，以詩畫藝術海報形式推出，全開

本，正面彩色畫作，背面為詩刊。共出九期。

4月，開始於《文訊月刊》及其他刊物大量發表評論文章。

6月，與杜十三策劃「一九八五中國現代詩季」，於新象藝術中心藝廊舉行。首度策劃「詩的聲光」實驗演出，用詩結合音樂、舞蹈、錄影、幻燈、劇場等不同媒介。

7月，任復興文藝營詩組指導老師。

12月，與羅青舉辦「詩的聲光發表會」於臺北耕莘文教院，由草根詩社主辦。擔任策劃及執行工作，冷冬料峭，依然爆滿。後於新竹清華大學另舉行一場。

1986　2月，參加「中義視覺詩展」。

3月，於國立藝術館策劃演出三天之「詩的聲光發表會」，由中國青年寫作協會主辦，三天皆全場爆滿。出版詩集《大黃河》（臺北：爾雅出版社）。10月，於向明主編之《藍星詩刊》（九歌版）開闢「新詩隨筆」專欄。首篇為〈比喻的遊戲〉（臺北：《藍星詩刊》9期，頁68-76）。其後輯為專書《一首詩的誕生》（1990）。

1987　3月，與杜十三共同策劃「貧窮詩劇場」於臺北「春之藝廊」。

9月，於臺北實踐堂策劃演出三天之「詩的聲光發表會」。

10月，於《文訊月刊》發表〈小詩時代的來臨—張默《小詩選讀》讀後〉（臺北：《文訊》32期，頁225-228）。開始注意小詩形式。

1988　5月，詩集《大黃河》獲第十一屆中興文藝獎獎章。12月，散文〈小朱的嗩吶〉獲得梁實秋文學獎散文首獎。

1989　出版散文集《給夢一把梯子》（臺北：五四書店）。由張默

主編、白靈、向陽擔任編輯委員之《中華大系詩卷（一）～
（二）》由九歌出版。

擔任臺北工專化工科副教授。

1990　出版詩論集《一首詩的誕生》（臺北：九歌出版社）。

　　　7月，首度前往大陸桂林、西安、杭卅、上海、蘇州、南
京、北京等地旅遊。

1991　詩作獲銘刻於臺北松江詩園內。

1992　7月，《一首詩的誕生》獲第十八屆國家文藝獎「文學理
論」獎。

　　　10月，於臺灣大學，與杜十三策劃演出「詩的聲光——現代
詩多媒體演出」發表會，由中華民國筆會主辦。於國家音樂
廳舉行之「弘一大師百年冥誕——李叔同歌詩多媒體發表
會」中策劃詩的演出節目，並以〈芒鞋〉一詩的合誦向弘一
致意。

　　　12月，獲中國文藝協會文藝獎章。與詩友合組臺灣詩學季刊
雜誌社，擔任主編5年〔至1997年，共編20期〕。

1993　8月，出版詩集《沒有一朵雲需要國界》（臺北：書林出版
社）。

　　　9月，隨文曉村等葡萄園詩社同仁參訪大陸北京、洛陽、開
封、西安、武漢、重慶等地，與諸多大陸詩人、學者會晤。
於重慶西南師大新詩研究所參與「93華文詩歌世界學術研討
會」，發表論文〈從躺的詩到站的詩——『詩的聲光』在臺
灣〉。

　　　10月，《一首詩的誕生》獲第十一次新聞局中小學生優良課
外讀物推介。

1994　出版詩論集《煙火與噴泉》（臺北：三民書局）。

1995　9月，於《臺灣詩學季刊》發表〈詩獎和詩的長度〉（臺北：《臺灣詩學季刊》12期，頁12-16）。

9月，應邀擔任聯合報文學獎新詩類決審委員。

1996　3月，於《臺灣詩學季刊》發表〈畢竟是小詩的天下〉（臺北：《臺灣詩學季刊》14期，頁135-141）。

4月，發表詩論〈小詩是新詩未來主流？—我看張默的《小詩選讀》〉（臺北：《幼獅文藝》508期，頁88-89）。

5月，與辛鬱合編《八十四年詩選》（臺北：現代詩季刊社）。

1997　2月，出版與向明合編之《可愛小詩選》（臺北：爾雅出版社）。

3月，於《臺灣詩學季刊》策劃「小詩運動」專輯，發表〈閃電和螢火蟲──淺論小詩〉（臺北：《臺灣詩學季刊》18期，頁25-34）。

4月，出版第一本童詩集《妖怪的本事─小詩人系列》（臺北：三民書局）。

7月，應菲華詩人邀請，前往馬尼拉參與「菲律賓華文文學研討會」，發表論文。認識白淩、和權等菲華詩人，遊麥堅利堡。與蕭蕭應邀前往福建武夷山，參與「現代漢詩國際研討會」，發表論文。於廈門和武夷山，先後與謝冕、沈奇、劉登翰、陳仲義、舒婷、翟永明等大陸學者、詩人會晤。

10月，應邀於臺北參與「面向21世紀97華文詩歌學術研討會」，發表論文。

1998　1月，出版散文集《白靈散文集》（臺北：河童出版社）。

3月，於《臺灣詩學季刊》發表〈菲華詩中的意象與情境初探〉、〈詩的濃度、明度與長度—兼及中國時報「情詩大賽」作品的幾點考察〉、〈再論詩的濃度〉等三文，（臺北：《臺灣詩學季刊》22期，頁65-99）。編輯出版《新詩二十家》（《臺灣文學二十年集1978-1998》之一）（臺北：九歌出版社）。

5月，出版詩論集《一首詩的誘惑》（臺北：河童出版社）。

7月，《臺灣文學二十年集》（含《新詩二十家》）獲圖書金鼎獎文學創作類優良圖書推薦。

10月，參與「全方位藝術家聯盟」於臺北知新廣場舉辦的「跨世紀多元藝術互動展」，策劃執行「詩的聲光小型詩劇場」。

1999　8月，於《文訊》發表〈新詩矽谷—臺灣，二十世紀華文詩的試驗場〉，（臺北：《文訊》166期，頁31-36）。

8月，應《明道文藝》雜誌邀請，開始擔任全國學生文學獎決審評委。10月，建置個人網頁「白靈文學船」。

11月，《一首詩的誘惑》獲中山文藝創作獎第三十四屆新詩獎項。

2000　1月，散文〈億載金城〉一文被國立編譯館選入國中三年級第六冊國文課文中。

3月，出版與張默合編之《八十八年詩選》（臺北：創世紀詩雜誌社）。6月，策劃執行臺灣詩學季刊主辦之「臺灣新世代詩人會談」，邀請青年詩人發表詩文及座談、朗誦。

6月，出版《白靈・世紀詩選》（臺北：爾雅出版社）。

2001 2月，出版與辛鬱、焦桐合編之《九十年代詩選》（臺北：創世紀詩雜誌社）。

10月，建置網頁「詩的聲光」「象天堂」。

2002 4月，與方明、張默、向明、辛鬱、管管等人前往越南西貢等地訪問，認識越華詩人。

8月，與蕭蕭合編《新詩讀本》（臺北：二魚文化）。

9月，〈風箏〉一詩被選入翰林版國中（初中）一年級第一冊國文課文中。〈林家花園〉一詩被選入康軒版國中（初中）一年級第一冊「藝術與人文」課文中。

10月，主編《千年之門：學院詩人群年度詩集》（臺北：萬卷樓圖書股份有限公司）。參與編輯之《2000臺灣文學年鑑》由文建會出版。

2003 2月，出版第二本童詩集《臺北正在飛》（臺北：三民書局）。

4月，主編《九十一年詩選》（臺北：臺灣詩學季刊）。

10月，主編《中華現代文學大系（貳）：臺灣1989~2003》（臺北：九歌出版社）。

2004 1月，於《文訊月刊》發表〈臺灣的屋頂─他山之石可否攻「頂」？兼致建築師們〉（臺北：《文訊》219期，頁45-48）。對臺灣的建築師提出嚴厲的批評。

9月，〈風箏〉一詩被選入康軒版國中二年級第四冊國文課文中。同時出版詩論集《一首詩的玩法》及詩集《愛與死的間隙》（臺北：九歌出版社）。

11月，應邀與瘂弦、陳義芝、汪啟疆等前往福建參與海峽詩會，對泉州南音演出印象深刻。建置網頁「童詩之眼」、

「意象工坊」。

2005　7月，應邀出席香港大學中文系主辦（召集人黎活仁）、在武漢大學舉辦之瘂弦詩歌研討會，擔任主題演講。

10月，於金門與多位詩人共同設計並參與碉堡裝置藝術「三角堡詩展」。

11月，於《臺灣詩學季刊》發表〈從科學觀點看臺灣新詩經典化的幾個現象〉（臺北：《臺灣詩學季刊》6期，頁119-140）。於《金門文藝》發表〈碉堡的裝置藝術展─雷與蕾的交叉：金門「三角堡詩歌」引言〉（金門：《金門文藝》9期，頁30-31）。

2006　1月，《一首詩的誘惑》改交由九歌出版。

4月，應邀出席香港大學中文系主辦（召集人黎活仁）、在廣東信誼市舉辦之鄭愁予詩歌研討會，發表論文。

10月，於金門參與「2006坑道藝術節」，於翟山坑道展出多幅螢光畫作。

2007　3月，應邀出席在北師大珠海分校舉行的「中生代與簡政珍詩作研討會」，發表論文。

4月，應邀出席香港大學中文系主辦（召集人黎活仁）、在徐州師大、蘇州大學舉辦之洛夫研討會，發表論文。出版散文集《慢・活・人生》（臺北：九歌出版社）。

6月，策劃「向明詩作研討會」，於臺北教育大學舉行。

8月，應韓國新詩協會邀請，代表臺灣參與韓國現代詩百周年紀念國際研討會及「萬海祝典」，發表有關全球化下新詩走向的論文。

9月，於金門與多位詩人共同設計並參與「2007金門碉堡藝

術節—長寮重劃區裝置藝術展」。

10月，應邀出席在湖南鳳凰城舉行之洛夫長詩《漂木》研討會，發表論文，提出建構「混沌詩學」的概念。

12月，出版與蕭蕭共同主編的《儒家詩學的躬行者：向明詩作學術研討會論文集》（臺北：萬卷樓出版）。與李瑞騰共同策劃臺灣詩學季刊社15周年紀念，出版系列詩集七冊、選集一冊。包括出版個人詩集《女人與玻璃的幾種關係》（臺北：唐山出版社）。

2008　3月，應邀出席由香港大學中文系主辦（召集人黎活仁）、在徐州師大舉辦之余光中詩作研討會，發表論文。主編《2007臺灣詩選》（臺北：二魚出版社）、主編《臺灣文學三十年菁英選：新詩三十家》（臺北：九歌出版社）等出版。

5月，應邀出席澳門大學主辦之漢語詩歌及張默詩作研究會，發表論文。率領耕莘青年寫作會女詩人及小說家訪問上海及北京，與諸多青年詩人交流，參與座談及朗誦會。

6月，出版詩集《白靈詩選》（北京：作家出版社）。

10月，應邀擔任自由時報林榮三文學獎新詩決審委員。

11月，出版詩論集《桂冠與荊棘》（北京：作家出版社）。

2009　5月，率領耕莘青年寫作會女詩人訪問安徽及上海，與諸多青年詩人學者交流座談。

8月，應邀出席第二屆青海湖國際詩歌節，在青海西寧舉行。

9月，〈風箏〉一詩被選入南一版國中二年級第四冊國文課文中。

10月，應邀出席明道大學中文系舉辦之管管詩作研討會，發表論文。12月，應邀出席明道大學中文系舉辦之周夢蝶詩作

研討會，發表論文。

2010　3月，應邀在臺灣大學參與「五行超連結展」之詩畫聯展。

4月，應邀出席由香港大學中文系主辦（召集人黎活仁）、在廈門大舉辦之商禽詩作研討會，發表論文。

5月，率領耕莘青年寫作會女詩人群訪問成都，與當地詩人學者交流座談。遊杜甫草堂及金沙遺址。

6月，應邀至北京出席由北京大學及首都師大主辦之「兩岸四地第三屆當代詩學論壇」，發表論文。

9月，〈登高山遇雨〉一詩被選入南一版小學五年級上學期國語課文中。10月，應邀出席由香港大學中文系主辦（召集人黎活仁）、在上海復旦大學舉辦之蕭蕭詩作研討會，發表論文。

10月，應邀前往福州出席女詩人古月詩作研討會，發表論文。

11月，出版詩集《昨日之肉：金門馬祖綠島及其他》（臺北：秀威資訊）。

11月，策劃「燒好一壺夜色—送杜十三」追思紀念活動。

12月，出版詩集《五行詩及其手稿》（臺北：秀威資訊）。出席由香港大學中文系主辦（召集人黎活仁）、在珠海國際學院舉辦之白靈詩作研討會。

2011　4月，應邀由香港大學中文系主辦（召集人黎活仁）、在北師大珠海分部舉辦之林煥彰詩作研討會，發表論文。

6月，應邀至湖北新秭歸城出席屈原故里詩人節活動。應邀出席育達商業科技大學（召集人渡也）舉辦之瘂弦學術研討會，發表論文。應邀出席明道大學中文系舉辦之隱地詩作研討會，發表論文。

9月，出席臺北教育大學兩岸四地中生代詩學研討會，發表關於「詩的聲光」的論文。

10月，應邀由香港大學中文系主辦（召集人黎活仁）、在連雲港高等師院舉辦之向陽詩作研討會，發表論文。

12月，以詩集《昨日之肉：金門馬祖綠島及其他》一書獲國立臺灣文學館舉辦之臺灣文學獎圖書類新詩金典獎。

2012　5月，應邀出席漳州詩歌節，發表討論卞之琳〈斷章〉的論文。

12月，於臺灣詩學季刊20週年慶時出版《詩二十首及其檔案》（臺北，秀威資訊）。

2013　3月，應邀出席路寒袖國際學術研討會，發表論文。

5月，應邀出席鄭愁予八十壽慶學術演講會，發表論文。

9月，應邀出席於荊州舉行的江漢學術研討會，發表論文。

12月，應邀出席在曼谷舉行的第7屆「東南亞華文詩人大會」，因林煥彰及泰國華裔詩人合作的「小詩磨坊」堅持多年，引發於臺灣大力「鼓倡小詩」的構想。遂由臺灣詩學季刊出面推動，聯合《創世紀》、《臺灣詩學》、《乾坤》、《衛生紙＋》、《風球》五詩刊，及《文訊》雜誌於臺灣詩學年會上共同發表「2014鼓動小詩風潮」活動的聯合訊息。

2014　3月，策劃展開「吹鼓吹詩創作雅集」系列活動，至2015年共主持二年十場，乃「2014鼓動小詩風潮」的單元之一。

4月，應邀出席漳州詩歌研討會，發表關於閩南語詩歌的論文。

6月，應邀出席於臺北舉行的國際華文文學研討會，發表關於杜十三跨領域創作的論文。

6~8月，與書法家陳宏勉策展、由《文訊》雜誌主辦的「詩書共舞—臺灣現代小詩書法展」系列活動，選出51首音樂交

響的現代小詩，邀請46位臺灣書法家揮毫，於臺北、臺中、高雄巡迴展出。

12月，於臺灣詩學季刊年會上慶祝並驗收「2014鼓吹小詩風潮」的豐碩成果。全年共有五詩刊一雜誌先後出版了8種「小詩專輯」，也包括了「現代小詩書法展」。

2015　3月，應邀出席由緬甸五邊形詩社主辦的東南亞華文詩人仰光詩會，發表論文。繼續策劃推動全年五回合的「吹鼓吹創作雅集」活動，並以小詩為主。

5月，應邀出席由中正大學主辦、黎活仁召集的渡也詩歌研討會，發表論文。膝蓋髕骨骨折，住院開刀。

10月，韓培娟譜曲的《不如歌》唱片出版，收〈不如歌I、II、III〉、〈風箏〉、〈濁水溪的倒影〉等詩譜成的三首曲子，〈不如歌〉一曲並拍成MTV影片po於youtube。應邀出席韓國光州全南大學主辦之第二屆世界華文文學國際研討會，發表論文。嚴英旭（韓）、王英麗（中）合譯韓漢對照的白靈五行詩集《距離世界不遠的地方》於韓國出版（光州：全南大學）。

2016　1月，出版詩論集《新詩十家論》（臺北，秀威資訊）。

5月，應邀於黎活仁召集、東吳大學主辦之汪啟疆與中外海洋文學研討會專題演講、發表論文。

7月應邀前往泰國參與小詩磨坊十週年紀念，撰寫十年集序文。

8月，自臺北科技大學退休。

10月，應邀出席黎活仁召集、東吳大學主辦之席慕蓉研討會，發表論文。

2017　1月，策劃臺灣詩學截句系列15冊。並於「facebook詩論壇」

開始發表截句。

3月，策劃臺灣詩學「facebook詩論壇」與聯合報副刊合作「詩是什麼」、「讀報截句」、「小說截句」等三次截句徵文活動。

5月，參加武夷學院之玉山學院博雅論壇及2017閩南詩歌節、參觀龍人古琴村。

8月，前往巴西旅遊一個月。

9月，出版《白靈截句》（臺北，秀威資訊）。至新加坡參與五月詩社主辦之東南亞華文詩會。9月底應邀至菲律賓馬尼拉參與千島詩社主辦之第三屆現代詩講堂擔任主講人。

12月，應邀前往閩南師大參與蕭蕭詩歌創作與教育學術研討會。出版詩論集《新詩跨領域現象》及主編之《臺灣詩學截句選300首》（臺北，秀威資訊）。12月底至2018年1月中，策展之臺灣詩學25週年「無框時代・世紀之跨」詩展及跨媒介詩演於紀州庵古蹟大廣間開幕。

2018　1月，繼續策劃臺灣詩學截句系列23冊，包含非同仁部份。

3月，繼續策劃臺灣詩學「facebook詩論壇」與聯合報副刊合作「春之截句」、「電影截句」、「禪之截句」等三次截句徵文活動。

5月，參加馬祖兩岸書展相關活動。

7月，主編之《2017臺灣詩選》（臺北，二魚文化）出版。

11月，至緬甸曼德勒參與五邊形詩社策劃之亞細安華文文藝營，並巡迴緬北華校推廣新詩活動十天。

12月，策劃之「現代截句詩學研討會」於東吳大學舉行。同時出版詩集《野生截句》、詩論集《世界粗礪時我柔韌》

及主編之《魚跳：2018臉書截句選300首》（臺北，秀威資訊）。

秀威經典　　　　　　　　　　　臺灣詩學論叢14　PG2197

世界粗礪時我柔韌

作　　　者 / 白　靈
主　　　編 / 李瑞騰
責任編輯 / 林昕平
圖文排版 / 周妤靜
封面設計 / 蔡瑋筠

出版策劃 / 秀威經典
發 行 人 / 宋政坤
法律顧問 / 毛國樑　律師
印製發行 / 秀威資訊科技股份有限公司
　　　　　114台北市內湖區瑞光路76巷65號1樓
　　　　　電話：+886-2-2796-3638　傳真：+886-2-2796-1377
　　　　　http://www.showwe.com.tw
劃撥帳號 / 19563868　戶名：秀威資訊科技股份有限公司
　　　　　讀者服務信箱：service@showwe.com.tw
展售門市 / 國家書店（松江門市）
　　　　　104台北市中山區松江路209號1樓
　　　　　電話：+886-2-2518-0207　傳真：+886-2-2518-0778
網路訂購 / 秀威網路書店：https://store.showwe.tw
　　　　　國家網路書店：https://www.govbooks.com.tw

2018年12月　BOD一版
定價：340元
版權所有　翻印必究
本書如有缺頁、破損或裝訂錯誤，請寄回更換

Copyright©2018 by Showwe Information Co., Ltd.
Printed in Taiwan
All Rights Reserved

國家圖書館出版品預行編目

世界粗礪時我柔韌 / 白靈著. -- 一版. -- 臺北
市：秀威經典, 2018.12
　　面；　公分. -- (臺灣詩學論叢；14)
BOD版
ISBN 978-986-97053-2-5(平裝)

1.臺灣詩 2.新詩 3.詩評

863.21　　　　　　　　　107020523

讀 者 回 函 卡

感謝您購買本書，為提升服務品質，請填妥以下資料，將讀者回函卡直接寄回或傳真本公司，收到您的寶貴意見後，我們會收藏記錄及檢討，謝謝！
如您需要了解本公司最新出版書目、購書優惠或企劃活動，歡迎您上網查詢或下載相關資料：http:// www.showwe.com.tw

您購買的書名：＿＿＿＿＿＿＿＿＿＿＿＿＿＿＿＿＿＿＿＿＿＿

出生日期：＿＿＿＿＿＿年＿＿＿＿＿＿月＿＿＿＿＿＿日

學歷：□高中 (含) 以下　　□大專　　□研究所 (含) 以上

職業：□製造業　□金融業　□資訊業　□軍警　□傳播業　□自由業
　　　□服務業　□公務員　□教職　　□學生　□家管　　□其它＿＿＿

購書地點：□網路書店　□實體書店　□書展　□郵購　□贈閱　□其他

您從何得知本書的消息？

　□網路書店　□實體書店　□網路搜尋　□電子報　□書訊　□雜誌

　□傳播媒體　□親友推薦　□網站推薦　□部落格　□其他＿＿＿＿＿

您對本書的評價：(請填代號　1.非常滿意　2.滿意　3.尚可　4.再改進)

　封面設計＿＿＿　版面編排＿＿＿　內容＿＿＿　文／譯筆＿＿＿　價格＿＿＿

讀完書後您覺得：

　□很有收穫　□有收穫　□收穫不多　□沒收穫

對我們的建議：＿＿＿＿＿＿＿＿＿＿＿＿＿＿＿＿＿＿＿＿＿＿

＿＿＿＿＿＿＿＿＿＿＿＿＿＿＿＿＿＿＿＿＿＿＿＿＿＿＿＿＿＿

＿＿＿＿＿＿＿＿＿＿＿＿＿＿＿＿＿＿＿＿＿＿＿＿＿＿＿＿＿＿

＿＿＿＿＿＿＿＿＿＿＿＿＿＿＿＿＿＿＿＿＿＿＿＿＿＿＿＿＿＿

請貼
郵票

11466

台北市內湖區瑞光路 76 巷 65 號 1 樓

秀威資訊科技股份有限公司　　　收

BOD 數位出版事業部

....

（請沿線對折寄回，謝謝！）

姓　　名：＿＿＿＿＿＿＿＿　年齡：＿＿＿＿　性別：□女　□男

郵遞區號：□□□□□

地　　址：＿＿＿＿＿＿＿＿＿＿＿＿＿＿＿＿＿＿＿＿

聯絡電話：(日) ＿＿＿＿＿＿＿＿＿　(夜) ＿＿＿＿＿＿＿＿

E-mail：＿＿＿＿＿＿＿＿＿＿＿＿＿＿＿＿＿＿＿＿